귀향

귀향 Heimkehr

신승민

일러두기
  1부와 2부가 함께 시작한다. 1부를 읽고 2부를 읽거나,
  2부를 읽고 1부를 읽거나, 1부만 읽거나, 2부만 읽거나,
  1부와 2부를 함께 읽는다. 마지막의 경우 불편을 감수한다.

"나는 돌아왔고 입구를 지나 주변을 둘러본다. 아버지의 오래된 정원이다. 가운데 물웅덩이가 있고, 쓸모를 잃은 도구들이 서로 뒤엉켜 다락방 계단으로 가는 길을 막는다. 고양이가 난간 위를 도사린다. 가지고 놀던 작대기를 한때 휘감았던, 찢어진 천 조각이 가벼운 바람에 휘날린다. 나는 도착했다. 누가 나를 맞이할 것인가? 굴뚝에서 연기가 솟아오르고 저녁 커피가 준비되고 있다. 너는 속한다고 느끼는가? 모르겠다. 나는 아주 불확실하다. 모든 사물은 마치 각자의 사정에 몰두하고 있는 양 서로의 곁에 차갑게 서 있다. 나는 그 사정을 부분적으로 잊어버렸고 부분적으로는 결코 안 적 없다. 내가 그들에게 무슨 소용이 있겠는가? 그리고 나는 감히 주방 문을 두드리지 않고 먼 발치에서 들을 뿐이다. 나는 먼 발치에서, 내가 엿듣고 있다고 그들이 놀라지 않도록 선 채로 듣는다. 먼 발치에서 듣고 있기 때문에 유년기로부터 건너온 희미한 타종 소리말고는 들리지 않는다. 아마 들린다고 생각할 뿐일 테다. 주방에서 일어나는 모든 일은 거기 앉아 있는 사람들의 비밀, 그들이 나로부터 지키고자 하는 비밀이다. 문 앞에서 망설일수록 스스로도 낯설어지는 법이다. 누가 문을 열고 내게 묻는다면 어떠할까? 나 역시 자신의 비밀을 지키고 싶은 사람처럼 굴지 않을까?"[0]

---

0 Franz Kafka, "Heimkehr[Home-coming]", 저자 중역 및 편집.

1.

2.

다들 자신의 작업을 내밀 때 나는 내 정신 외에
아무것도 보여주지 않으려고 한다.

앙토냉 아르토

그 아이는 이제 비밀 속에서 살아갈 것이다.

모리스 블랑쇼

칸트는 『순수이성비판』을 쓰고 나서 『프롤레고메나』를 출간했다. 반면 나의 책은 선행된 바가 없다. 비록 먼저 나온 책은 없지만 나는 오랫동안 이야기를 만들어 품어왔고 이런 의미에서 내 정신이 곧 나의 저서라고 할 수 있겠다. 이 책은 나의 지난 시간에 대한, 혹은 앞으로 쓰일 책에 대한 프롤레고메나, 즉 서설이다. 철학적 이야기가 있고 참고한 문헌들이 있지만 학술적인 글은 아니다. 나는 구원을 믿지 않고 내가 타인을 구제할 가능성과 권한도 믿지 않는다. 그래도 의지박약의 계절에 끝이 보이고 내가 수렁에서 나왔듯이 누구든지 스스로, 어디서든, 원한다면, 나올 수 있다고 생각한다. 먼저 일어나 진흙을 털고 있겠다.

나의 이미지가 있다. 왜냐하면 내가 그를 보기 때문이고 그가 오로지 언어 이전의 막연한 형상으로만 나에게 나타나기 때문이다. 나는 그와 관계를 맺고 있고, 나의 경우에 그 관계가 문제적이다. "나는 나와 문제가 있다." 이렇게 표현하기도 한다. 이 글쓰기는 문제의 해결과 관련 있다. 하지만 해결을 목표로 하진 않는다. 목표에 흥미를 잃었고, 나의 이미지를 일단 내버려두기로 한다. 그는 나를 불쾌하게 한다. 그는 나의 친밀한 적이다. 내가 화가가 되어 나의 이미지를 끝없이 반복해 그리는 상상을 한다. 그림의 밑바탕이 되는 내면의 고유한 이미지는 결코 하나의 그림에 다 담기지 않는다. 그림은 이미지를 하나의 이념으로 삼고 그 이념을 감각적으로, 반복적으로 표현한다.

나는 항구적으로 문제를 일으키는 나의 이미지, 그러니까 '자아 이미지'를 이념철학의 차원에서 조명하고자 한다. 철학적 개념으

너는 내가 보는 것을 다 본다. 그럼에도 내가 아는 것을 하나도 알지 못한다. 아마도 너는 내가 보기도 전에 먼저 세상을 볼 것이다. 너에게 나를 알려주려 한다. 네가 알아듣지 못하리라는 걸 알면서도 그렇게 하고 싶다. 꼭 읊조리고 싶고 그 대상이 너였으면 한다. 나는 최대한 정확하게, 또박또박 얘기한다. 네 앞에서 오류를 범하고 싶지 않기 때문이다. 자전적 이야기를 들려주는 건 의미 없다. 너에게는 시간 관념이 없으니까. 네가 내 독자가 된다면 좋을 것이다. 너와 같은 언어를 쓰고 있진 않지만, 내게 주어진 언어 안에서 너의 언어에 가까이 갈 방도가 있다고 믿는다. 당장은 내 삶에서 빼놓을 수 없는 이야기를 전하면 나에 관해 빠짐없이 전하는 셈이 되지 않을까 싶다. 시간 순으로 얘기할 의도는 없지만 본의 아니게 가장 먼 기억까지 우선 거슬러 오르려고 한다. 기억은 시간이 흐를수록 선명해지고 어느 정도 낡음으로써 자신의 진실됨을 증명한다. 스스로 이런 글쓰기가 불편하고 구태의연하게 느껴지는 면도 있지만, 어설프게 기교를 부렸다가는 너라는 독자를 놓치기 십상이라 걱정되었다.

나는 탈출을 즐겼다. 탈출을 위해서라면 누구든 속일 수 있었다. 엄마는 내가 사기꾼이 될까 우려했다고 한다. 어로서 이념이라는 말의 근원은 플라톤까지 거슬러 올라간다. 나는 당장은 불필요한 철학사를 건너뛰고 칸트와 들뢰즈를 중심으로 이념을 다룬다. 이념의 철학적 지위를 축소한 칸트와 달리 그것에 실질적으로 접근한 들뢰즈의 편에 서서, 이념 개념의 적극적 사용 가능성을 옹호하고 이를 바탕으로 내가 지닌 삶의 문제를 해체하려고 한다. 나와 관련이 없는 철학적 사유는 내게 큰 의미를 지니지 않는다.

칸트에게 이념은 인간의 경험 가능성을 넘어서지만 그럼에도 이성적으로 사유할 수 있는 추상적 개념을 의미한다. 예를 들어 '조화로운 자연'의 이념은 실제 자연 안에서 객관적 대상을 찾을 수 없음에도 불구하고 자연을 질서정연하고 통일된 하나로 바라볼 수 있게 하는 "이성추리의 형식"[1]이다. 이념적 대상(가령, 신이나 영혼의 존재)의 경험 가능성 및 객관성은 보장되지 않는다. 칸트는 플라톤과 달리 이념 개념에 적극적 역할을 주지 않고 이념이 갖는 형이상학적 뉘앙스를 제거한다. 이념에 규제적 역할 이상의 실질적 의미를 부여할 때 우리는 이성의 한계를 넘어서는 월권을 저지르게 되며 그 결과는 가상과 오류로 얼룩진 사이비 철학이다. 즉, 칸트에게 이념은 앎이나 인식의 대상이 아닌데, 그 이유는 이념에 대응하는 경험적 대상이 부재하기 때문이다.

들뢰즈에게 이념은 근본적으로 문제제기적이다. 아직 들뢰즈가 칸트로부터 탈선했다고 판단하기에는 이르다. 왜냐하면 들뢰즈가 밝히고 있듯이, 이념의 문제제기적 특성을 먼저 지적한 것이 바로

1 임마누엘 칸트, 『순수이성비판』, 백종현 역, 아카넷, 2006, B378.

른 머리 위에서 놀려고 한다고. 나는 일요일만 되면 부모님보다 먼저 잠에서 깨어나 안방으로 갔고 지갑에서 지폐 한 장을 꺼냈다. 그리고 옷장 뒤에 숨겨놨는데, 돈을 쓰지는 않았고 다소 허술하게 숨겨두었다. 단지 모아두려고 훔친 건 아니고 나름의 계획이 있었을 테다. 불행인지 다행인지 치밀하지 못해서 금세 들통났다. 나는 지갑에서 돈을 꺼낼 때 숨을 죽이고 부모님이 얼마나 깊이 잠들었는지 확인했다. 아빠는 크게 신경 쓰지 않았는데, 항상 깊이 잠에 든다는 걸 알고 있었기 때문이다. 엄마가 갑자기 일어나서 눈을 마주친 적도 한 번도 없다. 이제 와서 생각하니 엄마가 종종 자는 척을 했던 듯하다.

보모 할머니가 내 곁을 지킨 적 있다. 20대가 되고 한 번 그분을 찾아뵌 적 있다. 생각보다 나를 반기지 않아서 의외였다. 나에 관련된 일화를 한 가지 얘기했는데, 내가 그분의 복부 수술 자국을 보고 "치워라."고 했단다. 어린 나에게 애정이 컸을 텐데 그런 모진 말을 들어 속이 많이 상했을 것이다. 너는 내게 애정이 없겠지. 애정 비슷한 무언가가 네 안에 있더라도 그것이 애정임을 모를 테다. 계속 몰라도 문제없다. 보모 할머니가 관두시고 다른 보모가 왔는데, 내가 그분 일당을 훔쳐다 게임방에 사용한 적도 칸트이기 때문이다. 교실에서 선생이 낯선 문제를 제기하고 학생들의 사유의 초점은 한군데로 몰려 금세라도 불길을 일으킬 듯하다. 학생은 손을 들고 어떤 답이든 내놓고자 애쓴다. 이를 위해 자신이 여태 경험하거나 학습한 내용이 총동원된다. 선생이 제기한 문제 아래에서 몇몇 파편적 경험들이 반짝이고 그것들이 서로 연결되어 하나의 질서를 이룰 때 번쩍 손을 들어올린다. 이들의 사유를 인도하는 것이 바로 이념이다. 위의 예시와 같이, 이념은 "지성의 행보들을 어떤 전체 안으로 통합"[2]한다. 문제제기적이라 함은 주체의 해결능력을 자극한다는 뜻이며 이 자극 덕분에 주체의 사고력은 그 역량을 최대한으로 끌어올릴 수 있다.

들뢰즈는 칸트가 평가 절하한 이념을 다음과 같이 정리한다. "이념은 오로지 지성의 개념들과 관련해서만 정당하게 사용될 수 있다."[3] 칸트에 따르면 지성의 개념은 현실적 경험세계에 발을 붙이고 있고, 이념은 이 지성적 개념을 적절히 인도하는 보조적 역할을 맡는 한에서 유효하다. 들뢰즈는 위 정리를 뒤집어서 이렇게 얘기한다. "그러나 거꾸로 지성의 개념들은 오로지 문제를 제기하는 이념들에 관련되는 한에서만 충만한 실험적 사용(최대치)의 근거를 발견할 수 있다."[4] 왜 지성의 개념이 실험적으로 사용되어야 하는가? 지성의 형식인 범주는 세계인식에 선행하는, 미리 짜인 틀이며 우리는 이 틀에 맞춰서 경험적 대상을 인식한다. 같은 유형의 사물을 알아보고 대상을 인과적 선후관계로 파악하며 모든 인식과 판단

2 질 들뢰즈, 『차이와 반복』, 김상환 역, 민음사, 2004, p.374.
3 위의 책, p.375.
4 같은 곳.

있다. 어떤 할리우드 배우는 성인이 되고도 훔치는 버릇을 고치지 못했다고 하는데, 다행히 나는 잠깐 훔치다 말았다.

교사였던 엄마가 집에 올 7시가 되면 창문을 열고 거리에 그녀가 등장할 때까지 목을 빼고 기다렸다. 아침 등굣길에는 상황이 반대였다. 엄마가 창문 아래로 손 흔들며 나를 배웅했고 나는 엄마를 바라보며 같이 손을 흔들었다. 잠시 앞을 보고 걷다가 다시 뒤를 돌아보고, 다시 앞을 보고 걷다가 또다시 뒤를 돌아보았다. 그럴 때마다 엄마는 물러나지 않고 나를 보고 있었다. 나는 자리를 지킨 엄마를 당연하게 생각하지 않았는데, 그래서 다시 뒤를 돌아보아서 엄마가 제자리에 있는지 확인해야 했던 건 아닐까? 지나친 감상에 빠지지 않도록 주의해야 한다.

어린아이는 크게 둘로 나뉘는데 하나는 성선설을 믿게 만들고 다른 부류는 성악설을 믿게 만든다. 나는 그래도 전자에 가까운 아이였다고 생각한다. 엄마가 나 때문에 골치를 앓았고 세상의 금기를 시험하는 행동도 있었지만 마음속 깊은 곳에는 타인의 이해를 구할 만한 순진함이 있었다고 믿는다. 나는 높은 데서 물건을 떨어뜨리는 일을을 '나'라는 동일한 주체 아래로 통일시키는 것. 이것은 실제로 일어나고 있으며 일상적 경험의 가능성을 매 순간 증언하고 있다. 칸트의 작업은 이 가능성을 논리적으로 정당화하고 조건화하는 것이며, 대상세계가 성립하기 위해 주체의 능동적 개입이 필연적임을 밝혀낸 코페르니쿠스적 혁명이 그 작업의 결실이다.

왜 이러한 지성의 일상적 사용은 최대치의 근거를 발견해야 하는가? 나는 들뢰즈와 칸트의 궁극적 불일치를 이해하는 데 있어서 칸트의 물자체 개념이 중요하다고 생각한다. 칸트는 인식주체의 개입으로부터 독립적인 사물의 속성이나 상태를 물자체의 영역, 즉 인간의 인식이 도달할 수 없는 세계에 귀속시킨다. 물자체의 영역은 경험 세계로부터 철저히 격리되어, 비트겐슈타인적 격언에 따라 알 수 없는 것에 관해서 침묵해야 한다는 엄중한 경고를 목에 걸고 있다. 반면 들뢰즈의 철학 체계 안에서 일상적 경험의 영역과 물자체의 영역의 구분은 다소 무의미해진다. 그는 오히려 일상의 영역을 물자체 안으로 내재화시키며 나아가서 우리가 일상적으로 경험하는 세계가 이보다 심층적인 미시적 세계의 한 단면에 불과하다고 얘기한다. 우리를 이러한 세계의 본질에 가까이 가게 해주는 것이 바로 이념이다.

이념을 위와 같이 이해하는 들뢰즈의 문제틀은 칸트에 비해 어떤 철학적 이점을 지니는가? 간단히 답할 수 있는 문제는 아니다. 들뢰즈는『차이와 반복』전체에 걸쳐 칸트를 다양한 관점에서 비판한다. 특히 그는 칸트가 여전히 심리주의와 [초월적(transcendental)이지 않은] 경험주의에 의지하고 있다고 지적한다. 한마디로 칸트

좋아했다. 내 기억에 그런 행동을 두 번인가 했는데 둘 다 아주 위험했다. 아파트 단지 안에 있는 징검다리 아래로 제법 큰 돌멩이를 떨어뜨렸다. 지나가는 자동차에 맞히려 했고 한 택시의 앞 유리가 거의 깨지다시피 했다. 몹시 당황했을 운전자는 그 자리에서 멈춰 섰고 나와 친구는 그대로 도망쳤다. 그는 그때부터 성악설을 믿게 되었을 것이다. 잘못했다는 생각은 당시에 안 했던 것 같다. 도망치는 일이, 친구랑 함께 도적처럼 몸을 숨기는 일이 즐거웠고 그럴 만한 구실이 필요했다.

어려서부터 연약했지만 신경의 예민함과 긴장감은 날이 갈수록 짙어졌다. 그러니까 내가 과거를 돌이켜 보았을 때, 이완하고 안심한 순간이 잘 떠오르지 않는다. 하기 싫은 일투성이었는데 빠짐없이 해야만 했다. 그것을 하지 않으려면 누군가를, 특히 엄마를 속여야만 했다. 금방 탄로날 거짓말들이었지만 그 순간에는 완벽한 알리바이가 되어주리라고 믿었다. 학원에 가기 싫은데 집은 나서야 하니까, 집을 나섰는데 등원차량을 놓치면 집으로 전화가 오니까, 내가 선수를 쳐 학원에 오늘 사정이 있어 가지 못한다고 전했다. 오락실에서 놀고 있으면 곧 엄마에게 전화가 왔다. 어디서 무얼 하고 있냐는 엄한 목소리에 가슴 졸이가 개진한 초월철학이 초월적이지 못하다는 것이다.

초월철학은 인식이나 경험의 가능 조건을 밝히며 그 논리적 권리 근거를 묻는 작업이다. 따라서 초월철학은 그것이 탐구 대상으로 하는 인식이나 경험과 거리를 둬야 하고 (흄이나 로크처럼) 거기 매몰되어서는 안 된다. 초월철학은 순수한 사유의 경험독립적인, 선험적인(a priori) 탐구 방식이며 이런 의미에서 실증적인 자연과학과 철저히 구분된다. 이런 칸트에게 '경험주의'의 흔적이 남아있다고 비판하는 것은 치명적이다.

들뢰즈가 말하는 경험주의의 흔적은 크게 두 가지로 보인다. 하나는 칸트가 인식능력들의 조화, 즉 지성과 감성의 조화를 해명하기 위해 상식에 해당되는 '공통감'에 의존하고 있다는 것이며, 둘째로 들뢰즈는 칸트가 『순수이성비판』 B판 연역에서 집중적으로 다루는 "나는 생각한다.", 즉 자기의식의 동일성에 대해서도 의문을 제기한다. 두 가지 경험주의의 흔적은 연관되어 있다. 공통감은 인식능력들의 조화로운 일치를 뜻하며 모든 사람들이 공통적으로 갖고 있다고 간주되는 판단능력이다. 이것이 왜 경험주의적인가? 칸트가 정말 지성과 감성의 조화를 밝히기 위해 공통감에 의존하고 있는가?

적어도 『순수이성비판』에서 공통감 개념은 한두 번 나오는 데 그친다. 들뢰즈는 공통감이 '주관적 원리'에 불과하며 일종의 귀납에 의해 추론된 사실이라며 비판한다. 무엇보다 공통감은 무비판적으로 당연시되고 암묵적으로 전제되는 '사유의 이미지'이며 그는 이것을 다른 말로 '독단(doxa)'이라고 부른다. 들뢰즈의 칸트 비판며, 그때마저도 거짓말로 대처했다. 차를 놓쳐서 지금 걸어가고 있다고. 어떤 시기에는, 열까지는 아니고, 하나부터 아홉까지 거짓말이었다. 이런 행동은 부모님의 신뢰를 앗아갔다. 네가 신뢰받지 못하는 기분을 이해할까? 너도 그때 나와 함께 있었으니 다 지켜보긴 했겠지. 신뢰를 잃고 나면 정상적인 경로를 이탈한 느낌이 들고, 달리 말해 앞으로 나아갈 기반이 무너진다. 세상이 요구하는 일을 착실히 수행하기 시작했을 때 신뢰는 다시 내 품에 안겼고 그것이 주는 안락함은 달콤했다.

너도 그렇겠지만 나는 누구보다 마른 몸을 지녔었다. 학업에 집중하며 안정감을 되찾은 시절에도 알게 모르게 불안했던 모양이다. 몸 어디를 만져도 살집 하나 잡히질 않았다. 뼈는 나를 보호해 줄 정도로 단단하지 못했고 누구보다 못미더웠다. 어느 날 몸이 커진 나를 상상하면 미소가 절로 지어졌다. 많이 먹어도, 운동을 해도 소용이 없었고 오히려 소화능력은 더 악화되고 감기 같은 질환에 더 쉽게 노출되었다. 종전에 내가 왜 너에게 입이 닳도록 저주에 관해 얘기했는지 이해될 것이다. 신이 저주를 내린 건지, 아니면 천사의 짓인지, 악마인지 관심이 없었고 저주받았다는 사실이, 그리고 이 저주를 풀 방도가 없다는

은 해석적 차원에서 다소 빗나갔다. 개념과 직관의 조화에 있어서 결정적인 것은 공통감이 아니라 통각, 범주, 그리고 지성의 자발성이다. 칸트에게 직관, 감성조차 이미 개념적이기 때문에 지성과 감성의 조화 문제는 제3의 매개를 필요로 하지 않는다.

들뢰즈가 명확하게 얘기하지 않았지만, 칸트와 경험주의의 관계에서 보다 중요한 것은 이념으로 보인다. 칸트가 직관 없는 개념이 공허하다고 말할 때 그는 흄의 경험주의로부터 얻은 교훈을 명시하고 있다. 이는 형이상학 비판이라는 칸트의 원래 목적에 도달하는 데 핵심적인 단초를 제공한다. 즉, 이념은 그에 대응하는 경험 내용, 즉 직관을 결여한다. 직관이 부재하는 앎은 성립되지 않으므로 이념은 칸트의 형이상학 비판을 피해 가지 못한다. 들뢰즈가 지적하듯이, 칸트에게 이념은 오로지 가능한 경험과 관계 맺는 한에서만 올바로 작동한다. 이것 역시 칸트가 견지하는 경험주의의 흔적이라고 볼 수 있다.

반면, 들뢰즈는 칸트가 이념의 목에 걸어놓은 족쇄를 제거하고자 한다. 그가 잠재성 개념을 제시하며 이를 실재성이 아닌 가상성과 구분 짓는 이유가 바로 여기에 있다. 이념은 곧 잠재적 실재다. 또한, 이념은 눈앞의 사물과 객관적 관계를 당장 맺지 않더라도 그 자체로, 내재적으로 실재성을 가진다. 일상적 대상이 갖는 종류의 객관적 실재성이 이념에 부재한다고 해서 이념이 곧 가상으로 전락하는 것은 아니라는 얘기다. 이런 식으로 들뢰즈는 칸트가 이념의 정당한 사용과 부당한 사용을 이분법적 도식(실재-가상)에 의거해 구분하는 것을 비판하며 새로운 사유 방식을 대안으로 제안한다.

사실만이 확실했다.

일찍부터 회의와 비관을 일삼다 보면 사람의 낯빛이 어두워진다. 내 피부는 창백했지만 거울 앞에 서면 짙게 드리운 그림자가 보였다. 엄마에게 얼굴을 들이밀어도 그녀의 눈에는 보이질 않았다. 엄마에게 나는 그때도, 지금도, 앞으로도 반짝이기만 할 것이다.

누가 우는 법을 알려주었더라면 한결 편했을 것이다. 대신 웃는 법은 천진난만한 친구들 덕에 빨리 익혔다. 너는 웃는 법을 모르지만 아마도 웃고 있을 것 같다. 회의와 비관이 쌓이면 점점 낙관의 가면을 쓰게 된다. 둘은 동전의 양면이 아닐까?

나는 진작에 죽음을 생각했고 생각만 하면 가슴이 답답해졌다. 특히 내가 사랑하는 부모님이 부재하는 때를 떠올리면 잘 이해가 되지 않았고 감당도 안 되었다. 부엌에서 요리하고 있는 엄마에게 이 얘기를 했다. 죽음을 생각하면 가슴이 뛴다고. 뛰기 시작하면 멈추지 않는다고. 엄마는 아빠에게 가서 얘기해 보라고 했다. 아빠는 이렇게 답변했다. "네가 무서우면 나는 어떻겠니."

또한, 들뢰즈는 칸트가 이념을 외생적으로만 정의한다고 말한다. 여기서 외생은 내재에 반대되는 말인데, 칸트에게 이념은 경험과 관련해서만 사용되어야 하기 때문에 그 자체로 존속하는 힘을 가지지 못한다. 즉, 칸트의 이념은 경험 밖에 있고, 반대로 경험 역시 이념 밖에 있다. 반면 들뢰즈의 이념은 바깥을 상정하지 않으며 경험은 오로지 이념 안에서 고유한 질서를 획득한다.

칸트는 경험이 가능하기 위한 조건으로 시공간 형식과 범주를 이야기하고, 들뢰즈는 그 조건으로 이념의 초월적 장(transcendental field)을 이야기한다. 두 철학자 모두 경험의 가능 조건을 따지는 초월철학의 탐구방식을 따르지만, 칸트는 초월적 관념론을 주장하고 들뢰즈는 스스로 다른 곳에서 밝히고 있듯이 초월적 경험론자다. 경험의 발생 구조를 '이념 내재적'으로 탐구하는 초월적 경험론은 사변적(speculative) 성격을 가진다. 즉, 눈앞의 확실한 경험보다 형이상학적, 이론적 사유에 기반한 추측(conjecture)들로 구성된다. 가령, 자아가 시공간의 일정한 외연 안에서 동일하게 지속한다는 생각은 일상 경험의 관점에서 타당할지 모르지만, 사변적인 관점에서는 그렇지 않다. 자아를 대변하는 신체, 그리고 이 신체가 겪는 미시적인 생물학적 변화에 대한 과학의 발견은 자아의 동일성을 이야기하기 어렵게 만든다. 현대과학이 성취한 사변적 사유의 틀은 칸트가 불가지론을 견지했던 물자체의 세계에 대해 보다 적극적이고 긍정적인 기술을 허용한다. 개개 인식 주체가 물자체를 경험하고 인식하는 것은 아니지만, 과학적 담론의 힘을 바탕으로 물자체의 세계를 이론적으로 재구성할 수 있는 힘이 생긴 것이

나는 수업 중에 배가 아파도 손을 들지 못했고 친구에게 말을 걸기 위해서 문장을 몇 번은 고쳐야 했던 아이였다. 정확히 말하려고 그런 건 아니고 문장을 지웠다 쓰는 동안 약간의 용기라도 생길까봐, 그렇게 시간을 벌었다. 이상하게도 내 외모에 대한 이야기를 들으면 예민하게 반응했다. 외모를 좋게 평가하면 무관심했고 내 신체의 약점을 찌르면 속으로 발끈했다. 좁은 어깨는 꼭 감추고 싶었는데 몸에서 가장 튀어나온 부분이라 사람들 눈에 띄었다. 부정적 평가에 노출되면 단단해지는 게 아니라 그것에 더 취약해진다. 누가 나를 길에서 만나 염소를 닮았다고 했는데, 며칠 동안 그 생각이 떠나질 않았다. 나와 크게 관련도 없는 녀석이 우연히 마주치자마자 면전에 평가를 내놓은 게 괘씸했던가? 그때는 이런 식으로 불쾌해하지도 못했다. 나는 진짜 염소 얼굴일까? 얼굴에 염소 가면을 씌우고 희롱당하는 기분. 그들이 벗겨주기 전까지는 직접 가면을 벗길 수 없는 수동성.

다소 내 기억이 부정적인 장면들로 얼룩져 보일까봐 걱정된다. 모든 현재의 순간은 찬란했다. 그것은 과거로 접어들면서 점차 빛을 잃는다. 얼마나 찬란했었는지 지금에 와서 재현할 방도가 없다. 어둠 속에서 웅크리고 있는 기다.

  칸트는 자기의식의 동일성에 대해 이렇게 얘기한다. "내가 표상
들의 잡다를 한 의식에서 파악할 수 있음으로써만, 나는 이 표상
들 모두를 나의 표상이라고 부르는 것이다. 그렇지 않다면, 나는 내
가 의식하는 표상들을 가지고 있는 그 수효만큼의 다채 다양한 자
기를 가져야 할 터이니 말이다."[5] 여기서 "다채 다양한 자기"는 데
이비드 흄을 고려한 표현으로, 칸트는 자기동일성을 부정한 흄을
반박하며 모든 의식에 동일자로 있는 초월적 통각을 "인간 인식에
서 최상의 원칙"에 위치시킨다. 그리고 들뢰즈에 의하면 "모든 인식
능력들의 조화로운 일치를 근거짓고 똑같은 것으로 가정된 어떤
대상의 형식 위에서 이 능력들이 합치함을 근거 짓는 것은, '나는
생각한다.'의 자아가 지닌 자기동일성이다."[6] 즉, 자기동일성이 공통
감을 근거 짓는다. 들뢰즈는 이 공통감이 부정적인 의미에서 '주관
적인' 원리이며 철학이 '상식적인 대중의 이성'보다 멀리 나아갈 수
없게 만드는 암묵적 전제라고 비난한다. 『차이와 반복』이라는 프로
젝트의 목표는 바로 이 공통감의 출발점이 되는 데카르트적 '코기
토', 동일성의 규범을 따르는 자아에 균열을 내는 것이며 이 규범에
의거한 재현(representation)과 재인(recognition)의 모델을 전복시
키는 데 있다.

  앞서 자아의 동일성이 일상 경험의 관점에서 타당할지도 모른다
고 했다. 물론 자아의 동일성을 우리가 직접 경험하는 것은 아니며

5 임마누엘 칸트, 『순수이성비판』, 백종현 역, 아카넷, 2006, B134.
6 질 들뢰즈, 『차이와 반복』, 김상환 역, 민음사, 2004, p.301.

억들이 한때 아름다웠다는 사실만 안다. 이제는 그 기억들이 나보다는 너의 쪽에 더 가까울 것이다. 강가의 조약돌처럼 너 나 할 것 없이 쌓여있고 너는 이따금 무심히 하나 들어 올린다. 어느 하나 챙겨가지 않고 항상 제자리에 내려 둘 것이다. 도서관 사서가 모든 책의 내용을 알아야 하는 것은 아니듯이.

일요일 아침, 엄마는 창을 열고 이불을 털었고 햇볕을 받은 먼지가 중력을 잊은 듯이 이리저리 떠다녔다. 나는 항상 엄마 곁을 지켰고 성운 같은 먼지를 말없이 지켜보았다. 우주가 검다지만 그때 나는 하얗게 밝은 우주를 떠올렸다. 과학을 어길 수 있었던 나날들. 주말이면 엄마가 선글라스를 끼고 차에서 내렸다. 짙은 초록색의 트렌치코트를 입었고, 눈이 가려진 탓인지 그녀의 미소가 더 환했다.

나는 엄마에게 무슨 이야기를 했을까? 그 시절의 기억, 환상, 그리고 욕망이 한 데 뒤섞여 진실을 가려내기 어렵다. 집으로 돌아가는 골목길에서 젊은 여성이 나를 향해 손을 흔들었다. 하루는 집에 오니 그녀가 소파에 앉아 있었다. 그녀는 나를 무릎에 뉘어 면봉으로 귀를 파주었다. 이상야릇한 기분에 휩싸였고 사실 그녀가 마음에 들기도 칸트도 그것을 귀납적으로 추론하고 있지 않다. 자아 동일성은 경험 일반의 가능성을 선험적으로 정당화해 주는 논리적, 형식적 조건이다. 그렇다면 칸트 역시 들뢰즈와 마찬가지로 어떤 사변적인 사유 방식을 동원하고 있는 게 아닐까? 사변이 추측(conjecture)이라면, 추측이 근거로 삼는 사실이 있을 것이다. 내가 칸트의 자아 동일성이 "일상 경험의 관점"을 따른다고 한 이유는, 자아 동일성을 도출하는 근거가 일상 경험의 가능성에 발붙이고 있기 때문이다. 그리고 이 가능성은 우리에게 주어진 사실이다. 사변 역시 사실에 근거한 추측이지만 사변적 사실은 우리가 일상에서 쉽게 확인할 수 있지 않다. 그렇기에 사변적 추측은 이론에 근거하게 되며 이를 바탕으로 한 세계-재구성이 뒤따른다.

자아는 정말로 동일한가? 아니면 흄이 보여준 것처럼 자아는 불연속적인 내적 이미지들의 단편적 묶음인가? 확실히 칸트는 자아, 자기가 "다채 다양할" 가능성에 대해서 충분히 고려하고 있지 않는 듯하다. 칸트에게는 이미 가능한 것들, 이를테면 객관적 경험 및 인식과 수리과학의 보편타당한 명제들이 주어져 있으며 그는 주어진 사실로부터 다양한 철학적 주장을 연역적으로 끌어낸다. 이점에서 그는 후기 비트겐슈타인과 마찬가지로 우리가 일상적으로 누리고 있는 경험과 사유를 의문시하지 않고 오히려 이것을 가능하게 하는 논리적, 문법적 조건을 차분히 기술한다. (들뢰즈는 비트겐슈타인에 대해서 호의적이지 않았다)

'이미'라는 부사가 결정적 역할을 맡는 철학적 전제(또는 선제사항)들이 있다. 하이데거는 인간 존재가 이미 세계 안에 살고 있다했다. 괜히 죄책감이 들었다. 엄마에게만 허용되었던 사랑의 감정이 갈 곳을 잃고 애먼 데로 흘러갔고, 내가 어찌할 수 없는 마음이 불편했던 것이다.

나는 뭐든지 잘 따라 했다. 교회 목사님의 '아멘' 소리부터 유행어나 담임 선생님 표정까지. 친한 친구를 사귀면 그의 웃음소리를 나도 모르게 따라 했다. 어느 날 내 웃음소리가 낯설게 들릴 때도 있었지만 내버려두었다. 그 친구와 멀어지면 훔쳐 왔던 웃음소리도 함께 돌려주었다.

중학생 때 알베르 카뮈의 소설을 읽은 기억이 난다. 소설의 화자가 이야기하는 방식에 매료되어 그의 말투를 속으로 흉내 냈다. 내가 잠시 그 화자가 되었다고 말하는 편이 정확할 것 같다. 그런 흉내에 어떤 이점이 있었는지 모르겠지만 상당히 만족스러웠고, 아마도 외모의 매력과 마찬가지로 정신의 매력을 갖고 싶었던 게 아닐까? 카뮈의 이력을 보니 철학을 공부했고 소설가가 되었길래 나도 철학을 공부해서 소설을 써야겠다고 생각했다.

조금 시간이 지나 아르튀르 랭보에게 푹 빠졌을 때는 그가 시를 관두고 중동에서 무역을 했다는 사실을 알고 도고 말한다. 칸트와 마찬가지로 비트겐슈타인 역시 언어, 의미가 이미 잘 기능하고 있다고 선제(presuppose)한다. (근래 철학자 중에는 존 맥도웰이 유사한 사유를 이어가고 있다) 김영건이 반복해서 강조하듯이[7] 선제사항들은 일종의 소여(the given)라고 부를 수 있다. 다만 이는 경험적인 소여가 아니라 주어진 삶 자체를 의미하며, 전체로서 우리의 사유를 아우르는 입체적인 지평이다. 이 소여를 거부할 때 우리는 회의주의에 빠지거나 경험적 대상의 실재성을 부정하게 된다.

흥미로운 점은 들뢰즈가 위와 같은 소여를 거부하고 있음에도 불구하고 스스로 회의주의에 관여하지 않음을 힘주어 말하고 있다는 것이다. 우리에게 소여를 거부할 권한이 있는가? 내 생각에 들뢰즈는 특히 현대수학, 과학의 발견으로부터 이러한 권한을 철학적으로 빌려오고 있다. 그는 오직 감각될 수밖에 없는 존재, 순수히 감성적인 존재가 있다고 얘기한다. 감성적 존재는 사유될 수 없지만 우리의 사유를 강제하고 역설적으로 그것을 사유할 수밖에 없게 만든다. 들뢰즈는 이런 존재를 다른 말로 "기호(sign)"라고도 부르는데, 기호는 개념적 재인(recognition)에 선행하는 비개념적, 혹은 내가 이해한 바에 따르면 반-개념적(anti-conceptual) 대상이다. 이것은 의식이 아닌 무의식과 관계하며 우리의 인식 여부와 무관하게 존재하는 미시세계를 수립한다. 이 미시세계의 내적 풍부함을 보여준 것이 (들뢰즈가 자주 빌려오는) 현대과학의 공로일 테다. 김영건이 칸트적 선제주의, 소여주의로부터 셀라스적인

7 김영건, 『이성의 논리적 공간』, 서강대학교출판부, 2014.

서관에 가서 무역학 서적을 펼치기도 했다. 10년이 지나서야 그의 무역이 무기 밀매였음을 알았다.

나는 늘 조급함에 시달렸고 무언가 이루기에는 한발 늦었다고 생각했다. 내가 20대일 때는 10대부터 글을 쓴 사람을 보며 절망했고, 30대가 되니 20대 때 무언가 시작한 사람을 보고 많은 걸 단념하게 되었다. 시집이든 소설이든 그가 몇 살 때 무엇을 했는지 유심히 보았다. 반대로 내 나이보다 늦은 나이에 창작을 시작한 사람을 보면 위안을 얻었다. 놀랍게도 엄마도 비슷한 습관을 가지고 있었는데, 엄마 서재에서 시집 한 권을 꺼냈더니 시인의 이력에, 특히 그가 첫 시집을 발간한 연도에 밑줄이 그어져 있었다. 엄마와 나의 은밀한 공통점이거나, 누구나 가지고 있는 호기심이거나 둘 중 하나겠지.

오로지 기억에만 의지해 몇 가지 사실을 늘어놓자면, 마리 르도네는 30대에 접어들면서 소설을 준비했다. 데이비드 포스터 월러스는 유망한 철학자였고 박사 과정 중간에 소설을 쓰기 시작했다. 그때 그도 30대였다. 앙투안 볼로딘은 역사 교사로 지내다 40대가 되어서 첫 소설을 내놓았다. 장 뒤뷔페는 여러 번 그림을 그만두었고 와인 사

'인식과 존재의 이원론'으로 이행할 때 이러한 현대과학의 역량을 고려했을 것이다.

반면 들뢰즈는 이원론자가 아니며 차이의 존재론으로 모든 것을 수렴시킨다. 그렇다고 그는 철학과 과학의 연속성을 주장하는 자연주의자는 아니며 과학의 명제만을 맹신하는 과학주의자도 아니다. 그는 자신이 과학으로부터 전혀 과학적이지 않은 결론을 도출하고 있다고 고백한다.

물론 들뢰즈가 인간의 개념적 사유 능력과 그것의 자발성에 대해 섬세하게 고려하지 못했다고 볼 수 있지만 반대로 들뢰즈의 입장에서 보면 언어, 개념, 자발성에 대한 강조는 인간 의식 이하의 차원에서 일어나는 존재론적 사태의 풍부함을 놓치고 있다. 이러한 사태를 포착하기 위해 들뢰즈는 '강도', '미분', '균열된 자아', '수동적 종합', '차이의 이념'과 같은 철학적 어휘를 동원한다. 비언어적 사태를 포착하기 위해 언어에 의존하는 것은 모순을 범하는 일이 아닌가? 모순이 아니라면 칸트가 이성의 법정에 부친 형이상학적 가상, 오류에 빠지지 않는가? 그런데 나는 여기에 답할 수 있는가?

나는 이성의 법정을 몰래 빠져나와 하나의 점으로 수축한다. 동일한 자아의 선을 그려내기에는 한없이 모자란 하나의 점이다. 흔히 시간을 선에 비유하는데, 그렇다면 점은 무엇일까? 무한히 낱개의 부분으로 분해되는 유기체가 있다고 해보자. 이 유기체가 전체로서 살아내는 시간과, 분해된 부분들이 나눠 갖는 시간은 서로다른 시간인가? 나는 동일한 자아를 표상할 수 없다. 이 불능은 철학적 거부가 아니라 불가피한 신념에 가깝다. 신을 믿어야만 하는 업으로 성공한 후 40대가 되어서 다시 그림을 그렸다. W. G. 제발트는 대학 강사의 삶을 살다가 40대에 첫 소설을 썼다.

페터 빅셀은 10대 때 자신이 작가가 되리라는 걸 알았다고 한다. 마르그리트 뒤라스는 일찍이 오직 글쓰기에만 전념할 것을 권유받았다. 레이몽 루셀은 10대에 장시 한 편을 완성했다. 나는 아무것도 하지 못했고 아무것도 알지 못했다. 그래도 나는 후회되지 않고 슬프지도 않다. 시간이 흐르리라는 것을, 그것도 내 계산보다 빠르게 흐르리라는 것을 알고 있었다. 또 같은 일이 반복될 것이고 언젠가 나도… 카프카의 『소송』 주인공처럼 마지막 순간에 "개같은!"을 외치며 숨을 거두게 될까?

20살, 서점에서 무라카미 하루키의 소설을 펼쳤는데 삶과 죽음은 동전의 양면이라는 식의 서술이 나왔고 나는 그런 뻔한 소리를 소설에 대단한 척 적었다는 사실에 분개하며 책을 덮었다. 아마도 별 이유 없이 그가 싫었고 그를 계속 싫어할 명분이 필요했던 모양이다. 20살의 나는 죽음에 취해 있었다. 이런 이야기는 그만하고 싶다. 전부 나에게서 멀어지기 위해, 너에게 가까워지기 위해 하는 사람들이 있다. 그 믿음의 반대편에는 오로지 죽음만이 도사리고 있기 때문이다. (얼마 전 꿈을 꾸었는데 전혀 A를 닮지 않은 사람을 보고 그가 A임을 확신했다. 나는 늘 나처럼 말한다. 그러나 잠꼬대할 때는 얼버무리고 중얼거린다) 내가 계속 나이기만 하다면 과거에 내가 범한 실책들, 내가 도달하지 못한 지점들, 그 외에 나의 불완전함을 드러내는 모든 국면을 견딜 수 없다. 그래서 나는 나를 떨어뜨려야 하고 잘라내야 한다. 분리되어야 하고 그로부터 도망쳐야 한다. 자아가 분열되어 있다고, 매 순간 자아가 미세한 빛과 함께 생성되고 각 자아-개체는 상호독립적이라고 믿어야 한다. 그럼에도 동일한 모습을 띤 이미지가 계속 나를 따라다닌다. 아마도 그 이미지는 자아가 아닐 것이다. 내 의식에 들러붙은 종양 같은 것이며 따라서 내 일부지만 나 자신은 결코 아닌 무언가다. 중요한 건 누가 나인지가 아니라 무엇이 나를 지배하는지다. 내 글쓰기는 종양을 떼어내는 수술, 구마 의식이다. 한 손에 묵주를, 다른 한 손에 『차이와 반복』을 들고 의식을 거행하는 셈이다. 나의 글쓰기는 점차 로고스에서 파토스로 이동하게 된다. 로고스의 필연적 한계는 절망을 낳고, 절망에 빠진 자의 파토스는 전에 들어본 적 없는 수사학을 낳는다.

들뢰즈는 칸트가 정당화와 조건화의 관점에 머무른 채 사유나 경험의 '발생'에 대해 얘기하지 않았다고 비판한다.[8] 나는 과거에 들뢰즈가 일종의 발생적 오류(어떤 사실의 기원이 그것의 정당성을 결정한다고 생각하는 오류)를 범하고 있다고 생각했지만 들뢰

---

8 질 들뢰즈, 『차이와 반복』, 김상환 역, 민음사, 2004, p.377.

말이다.

나는 가까이 다가가는 일에 재능이 없었다. 10살 때 좋아하는 아이를 만나고 싶어서 공원 산책로를 계속 돌기만 했다. 다른 약속도 없었고 우연한 마주침에 모든 행운을 걸었다. 다가가려면 바보같이 기다리기만 해서는 안 된다. 그래, 나는 모든 관심과 지도를 내려놓고 네 쪽으로 향한다. 그런데 왜 여전히 같은 이야기를 반복하고 있다는 인상을 지울 수 없는가? 변죽을 울리는 동안 네가 나를 발견하길 기다리고 있지 않은가?

내가 지금껏 한 이야기를 바탕으로 현재의 나에 대해 파악할 수 있을까? 네가 어떤 초상을 그려낼 수 있을까? 어려워 보인다. 하지만 현재의 나를 이야기로 전할 수가 없다. 이야기가 되려면 시간이 필요하다. 기억이 여물어야 하기 때문이다. 기억은 의도적으로 자신의 자리를 비워놓고, 그러니까 죽음을 대비하는 동물처럼 미리 굴을 파놓고 그 자리에 드러누워 누군가 흙으로 묻어주길 기다린다. 내 안의 구멍들은 그런 식으로 생겨났다. 그것들을 먼저 메워야 다른 기억, 현재의 기억이 들어설 자리가 마련될 것이다.

즈가 말하는 발생은 원인과 결과의 연결과는 구분되어야 한다. 왜냐하면 인과성은 사실적 차원에 관련되는 반면 들뢰즈는 끊임없이 권리의 차원에서 얘기하고자 하기 때문이다. 권리의 차원(de jure)이란 어떤 사실을 뒷받침하는 눈앞의 근거가 당장 없음에도 불구하고 그렇게 주장할 수 있는 합당한 이유가 있는지 따져보는 관점이다. 예를 들어 들뢰즈는 "사유는 문법의 아래쪽에 있다"는 앙토냉 아르토의 선언에서 초월론적 경험론의 원리를 발견하며 그것이 "사유의 권리적 구조"를 밝히고 있다고 말한다.[9] 확실히 사유가 문법, 즉 언어적 개념틀 아래에 있는지 아닌지는 사실의 차원에서 판단할 수 없다. 그럼에도 아르토에게는 이런 주장을 내놓을 만한 '권리'가 있었는데, 이는 그가 일생 경험한 분열증적 정신, 그리고 그로 인한 사유의 불가능성으로부터 유래할 것이다.

위와 같은 점이 들뢰즈를 현대 자연주의와 구별짓게 해주며 그의 프로젝트를 초월론적이라고 부를 수 있게 만든다. 그는 사유를 발생시키는 원인, 가령 일상적 외부 대상이나 내적 감각의 촉발에 대해 이야기하는 것이 아니라 인과성조차 조건 짓는 최종 원리로서 '차이'의 이념에 대해 이야기한다. 인과성은 왜 초월론적 원리의 자리에 놓일 수 없는가? 원리는 현상의 발생을 설명하거나 그 본질을 규정할 수 있어야 한다. 반면 인과성은 발생한 현상들 간의 관계를 규정하는 데 그친다. 원리는 현상에 내재하는 반면 인과성은 현상 외부적인 규칙이다. 사유의 발생적 조건이 있고 사유의 논리적 조건이 있으며 들뢰즈와 칸트는 각각을 대변한다. 두 조건이 양립 가

9 위의 책, p.330.

나는 즐길 줄 아는 게 몇 안 되었다. 피아노 연주는 제법 오랜 시간 즐거웠다. 특히 방학이 허용하는 오전 시간에 엄마가 좋아하는 곡을 들려줬는데, 엄마는 내 방에서 듣지 않고 거실에 앉음으로써 나를 대단한 피아니스트로 만들어주었다. 연주가 끝나고 들려오는 박수 소리에는 그 어떤 손뼉을 가져와도 재현할 수 없는 아름다움이 있었다. 엄마의 연인이 되어주고 싶었지만 약속을 지키지 못했다. 학교에서 칭찬을 받으면 꼭 엄마에게 들려주었고 아마도 그 박수 소리를 다시 듣고 싶었기 때문이 아니었을까.

글쓰기가 재밌었던 기억은 없다. 나는 만들거나 그리는 일이 흥겨웠고 내가 만든 물건을 보고 엄마가 좋게 평가하는 일만큼 가슴 뛰는 일도 없었다. 이런저런 색상의 한지를 발라서 만든 종이 접시를 보고 엄마는 나의 색감을 극찬했다. "어떻게 이런 색을 쓸 생각을 했니?" 시간이 지날수록 내가 만든 물건으론 엄마의 칭찬을 듣기에 부족했고, 대신 좋은 점수가 필요했다. 나는 학업에 소홀했고 차차 엄마의 신뢰를 잃어 방황했다.

내가 피아노를 전공하겠다고 했을 때 엄마는 뒷바라지를 위해 바로 일자리를 찾아 나섰다. 원래 다니던 미술학원능하다고 주장하거나 둘의 관계를 이원론적으로 설정하는 것은 좋은 방편이 못 된다. 왜냐하면 이런 방편은 들뢰즈가 칸트적 사유 방식에 대해 갖는 근본적 불만을 해소하지 못할 것이기 때문이다.

이원론의 문제. 윌프리드 셀라스는 철학자 또는 과학자가 세계를 이론적으로 설명하기 위해 동원하는 개념틀을 현시적 이미지와 과학적 이미지로 구분한다.[10] 현시적 이미지로 바라본 세계는 의도를 가지고 행위를 하며 능동적으로 사유하는 인간들로 구성되는 반면, 과학적 이미지의 세계의 기본 구성단위는 인간이 아니라 물리적 입자다. 현시적 이미지는 이성적으로, 논리적으로 사고하는 자율적 주체들이 이룬 공동체이며 이를 구성하는 주체들은 공동체의 규범 아래에서 주장을 펼치거나, 믿음을 가지고, 자신의 생각에 적절한 근거를 마련하는, 스스로 책임질 수 있는 존재로 거듭난다. 인간 역사에서 지배적 위상을 누렸던 현시적 이미지는 자연세계를 설명하고 예측하는 데 불충분했고, 현대과학의 성공과 더불어 등장한 과학적 이미지는 현시적 이미지를 대체할 만한 개념틀로 급부상했다. 셀라스는 두 이미지의 관계를 갈등으로 묘사하며 그것을 봉합할 수 있는 통합된 관점, 즉 '통관적 관점(synoptic view)'의 필요성을 역설한다.

셀라스는 존재와 비존재의 문제는 자연과학만이 답할 수 있다고 주장하는 과학적 실재론자였고 때로 그의 철학은 과학에 대해 맹목적인 믿음을 가졌다고, 그러니까 과학주의(scientism)라고 비판

---

10 Wilfrid Sellars, "Philosophy and the Scientific Image of Man", In R. Colodny (ed.), *Science, Perception, and Reality*, CA: Ridgeview Publishing Company, 1962, p. 4-5.

선생님의 남편이 피아노를 가르쳤기 때문에 그 앞에서 연주를 시험 삼아 선보인 적 있다. 그는 기본기가 부족한 내게 하루 10시간씩 연습을 할 수 있겠냐고 물었고 나는 그럴 수 없을 것 같다고 대답했다. 엄마는 일자리를 바로 관뒀을까? 기억이 나질 않는다. 피아노 선생님도 내가 공부도 잘할 머리라며 연주자의 길을 적극 독려하진 않았다. 언젠가 여유가 되면 다시 피아노를 배우고 싶다.

당시에는 피아노 조율사가 직접 집으로 찾아와서 손봐주곤 했다. 조율사는 작업을 마치고 항상 한 곡 듣길 원했고 나는 쑥스러워서 내뺐다. 들려주었더라면 좋았을 것이다. 살아있다면 노년에 들어섰을 그에게 나름의 추억거리가 되지 않았을까? 내가 잘하는 것, 내가 잘난 것 등을 내세우는 일이 늘 싫었다. 아니, 사람들의 입에 오르내렸던 나의 잘난 면모가 실제로 대단치 못하다고 믿었다. 어떤 정신과 의사는 내가 남성성이 부족해서 그렇다고 했다. 나는 그가 과학성이 부족하다고 속으로 생각했다. 자기 잘난 점을 너무 잘 알면 그것을 이용해 보려고 다들 안달이다. 나는 그런 일에 진작 흥미를 잃었다.

가방에는 늘 엄마가 넣어둔 책 한 권이 깊이 파묻혀 있었받기도 한다. 이처럼 과학의 성과와 발전에 믿음이 있었던 셀라스지만, 그는 현시적 이미지의 언어를 과학적 언어로 철저히 환원하거나 사유자로서 인간 존재가 갖는 위상을 해체하려 들지 않았다. 셀라스가 궁극적으로 제안하는 방향은 아래 구절로 집약된다.

> [현시적 이미지]는 과학적 이미지와 화해되어야 할 것이 아니라, 과학적 이미지와 함께해야(be joined to) 한다. 그러므로 과학적 이미지를 완성하기 위해서 무엇이 사실인지 말하는 법을 풍부하게 할 게 아니라, 공동체나 개인의 의도와 관련된 언어를 풍부하게 해야 한다. 그럼으로써 어떤 행위의 의도나 상황을 과학적 용어로 이해할 때, 우리는 과학적 이론의 세계를 우리의 목적에 직접적으로 연관 짓고 세계를 우리의 세계로 만들 수 있다. 이때 [과학적 이론의] 세계는 우리가 살아가는 세계에 낯선 것이 아니게 된다.[11]

왜 화해가 아니라 동참이 목표가 되어야 하는가? 셀라스는 여전히 과학적 이미지의 우선성을 고려하고 있는 듯하다. 다만 현재의 과학적 이미지가 자연적 사실을 기술하는 데 치중되어 우리에게 익숙한 "의도와 관련된 언어"가 누락되기 쉽기 때문에, 이를 보완, 확장하여 과학적 이미지 안에서도 인간의 규범적 지위를 보존할 수 있는 방향을 모색한다. 들뢰즈가 수학과 과학의 어휘를 참고하면서도 그것에 모범적으로 충실하지 않은 이유도 비슷할 것이다.

11 앞의 책, p.40.

다. 나는 책이 누렇게 변할 때까지 가지고 다니다가 뒷면의 요약을 보고 엄마 앞에서 다 읽은 척했다. 속일 의도는 없었지만 잘 보이고 싶었기 때문에 결과적으로 속이게 되었다. 속이는 일에 재주도 없으면서 속여야 하는 상황이 종종 발생했다.

좋아하던 아이에게 남이 연주하는 피아노 영상을 내가 연주한 척 보냈고, 사실 내가 직접 칠 수도 있는 곡이었는데도 그렇게 했다. 초등학교 3학년 때는 학급 친구 넷이서 속닥거리며 시험을 풀었고, 만점을 받아서 엄마에게 자랑했다. 엄마는 기뻐했다. 당시 엄마는 그런 기쁨이나 자랑거리가 반가웠을 테다. 나는 그런 류의 기쁨을 기대하게 하는 아이는 아니었다. 지금도 그렇다. 내심 갈증을 느낄 법도 한데 엄마는 아직도 잘 드러내지 않는다.

기억이 선명한 것은 좋은 일일까? 선명한 기억을 가지는 일은 내게 유익할까? 만일 내가 유년기부터의 모든 기억을 또렷하게 갖게 되면 나는 불행해질까? 고등학생 때 학업에 정진했기 때문에 사람들은 내게 기대를 품기 시작했다. 수능시험 직전에 국어 선생님은 내가 어떤 장래를 그리고 있는지 물었고 나는 법조인이 되고 싶다고 했다. 그 그는 무엇이 진정한 실재이며 사실인지 말하는 데 관심이 없으며 오히려 과학적 이미지의 언어를 빌려와 인간주의적 편견, 혹은 자신이 비판한 칸트적 공통감을 해체하고 있다. 흥미롭게도 이렇게 해체된 세계는 셀라스의 기대와 달리 우리가 살아가는 세계에 매우 낯설다. 셀라스가 목표로 하는 통관적 관점이 과학적 이미지 내에서 인간의 능동성과 개념적 사유능력을 보존하고자 한다면, 들뢰즈는 끊임없이 수동성과 비개념적 사유의 가능성을 얘기한다.

왜 자아 이미지에 관해 사유할 때 나는 셀라스보다 들뢰즈에 더 의지하게 되는가? 단순히 선호에 머물러서는 안 된다. 그러나 여기서 철학적 논증이 아니라 개인적 필연성에 호소할 수밖에 없다. 나의 한계가 그렇다. 나는 내 사유에 책임질 수 있는 능동적 주체인가? 그렇기도 하고 아니기도 하다. 모든 공동체 구성원은 저마다의 사적 언어를 품고 있다. 그 사적 언어가 통약 가능하지 않기 때문에 문학이나 예술의 도움 없이는 세상 밖으로 잘 드러나지 않지만, 어떤 개인사, 트라우마, 충격, 기능이상 등이 모여 만든 무의식의 존재로 인해 우리는 각자의 고유한 사정에 매몰된다. 말로 표현할 수 없기에 침묵을 지키지만 그렇다고 할 말이 없지는 않다. 나는 계속해서 사유의 불가능성을 마주하고 있다. 셀라스는 능동성만을 인간의 자유와 연관 짓지만, 나는 능동성으로 자유를 얻을 수 없다. 반면 들뢰즈가 이야기하는 수동성은 자유롭고 해방적이며, 여기서 그의 창의성이 빛난다. 결국 중요한 것은 능동성이나 수동성이 아니라 자유 그 자체이며 억압과 제약에서 벗어날 수 있는 대안적 사유틀을 마련하는 것이다.

녀는 흡족해하며 말했다. "그래, 너라면 그만한 꿈은 가져야지."

엄마도 외교관이나 한의사를 권했고 나는 다 내려놓고 얼른 쉬고 싶었다. 그때 교회를 다녔기 때문에 매일 기도를 했다. 내 불분명한 의지를 뒤로 하고 당신의 안내를 따르겠노라고. 목표를 정하지 않고 당신이 마련한 자리를, 그것이 낮은 자리든 높은 자리든 겸허히 따르겠다고. 그리고 성인이 되면 자유롭게 뛰어놀 수 있게 해달라고 기도했다. 대학에 들어갔더니 고등학교와 별반 다르지 않아서 실망했다. 그래도 상경하자마자 통기타 하나를 구매해서 매일 연습했고 어려서 즐겨 들었던 곡을 직접 연주할 수 있게 되었다.

이름 모를 우울감이 내 20대를 따라다녔다. 수업 시간에 가슴이 답답했고 한바탕 크게 울고 싶은 심정을 자주 느꼈다. 자정이 지나면 정신은 날카롭게 각성되어 과연 내일이 또 찾아올지 확신할 수 없었다. 거리를 걷다 보면 내가 이대로 순식간에 사라져도 세상은 크게 다르지 않을 것이라고 생각했다. 존재가 가벼웠던 것이다. (참을 만했다) 하루는 교양 철학 수업에서 플라톤 이야기를 듣는데 난

부언하자면, 셀라스의 철학은 비트겐슈타인의 영향에도 불구하고 체계적이다. 물론 셀라스는 자신의 체계의 불완전함을 스스로 인정하고 있고 다른 말로 자신의 철학이 약속어음 같은 것이라고 겸손히 표현하기도 했다. 베케트의 『이름 붙일 수 없는 자』의 화자는 "피해야만 하는 건, 그 이유는 모르겠지만, 바로 체계적인 사고"라고 말한다.[12] 마찬가지로 체계적인 철학을 피하고자 했던 비트겐슈타인이 떠오른다. 단순히 취향의 문제는 아닐 것이며 개개 인격의 차이로 환원될 수도 없을 테다.

세계를 설명할 완전한 체계를 갖춘 사람이 있다고 해보자. 그는 이를테면 모든 수학의 원리를 설명하고 해명할 수 있다. 나는 그가 대단하다고 생각하지만 동시에 신뢰하지 않을 것이다. 그가 틀렸다고 믿기 때문은 아니다. 그의 체계의 옳고 그름을 판명하기에는 내 무지함이 크다. 그럼에도 설명할 수 없는 것을 설명할 수 없는 채로 남겨두고 싶은 욕망이 있다. 내가 내 친구와의 우정을 완전히 이해하는 날이 온다면, 그 우정은 거기까지일 것이다. 우정을 설명하지 않는다고 해서 우정이 멈추는 것은 아니다. 들뢰즈가 말하는 감성적 존재 역시 일상 언어로는 포착할 수 없는 것이다. 들뢰즈가 동원하는 어휘는 구체적이지만 체계적이지는 않다. 무언가 규명하고 설명하려고 마련된 것이 아닌 듯하며 오히려 사유해 보지 않은 것을 사유하도록 이끄는 힘이 있다. 이런 의미에서 들뢰즈를 논리적으로 반박하려는 시도는 그다지 현명하지 않다.

『차이와 반복』으로 돌아와서, 이념은 곧 문제다. 그리고 문제란

12   사무엘 베케트, 『이름 붙일 수 없는 자』, 전승화 역, 워크룸프레스, 2016, p.10.

데없이 정신의 날씨가 맑게 개었다. 내가 처음 경험한 철학은 지리멸렬한 일상 너머를 다루는 고귀한 학문이었다. 교수님에게 내 사정을 얘기하며 얼마나 큰 도움이 되었는지 감사를 표하는 이메일을 보냈고 자상한 답변을 받았다.

나는 내 몸이 싫었다. 비대한 머리통과 비쩍 마른 몸. 이상적인 미적 비율을 갖고 싶었는데 뜻대로 되지 않아 절망했다. 간혹 이런 편견을 깨뜨린 낯선 사람들이 있었다. 집으로 돌아가는 길 맞은편에서 걸어오는 남성을 발견했는데, 그는 키가 나보다 작았고 큰 두상이 소위 이상적인 비율을 해쳤다. 색상이 흑백으로만 보이는 사람처럼 온통 검은 여름 옷차림이 간결했고, 갈색빛이 은은하게 비치는 머릿결이 그의 하얀 피부와 무표정한 얼굴을 감쌌다.

나는 단번에 그의 존재 전체에 매료되어 눈을 떼지 못했다. 찰리 채플린의 신체에 『잃어버린 시간을 찾아서』의 마르셀의 영혼이 깃들었달까. 나도 그런 영혼을 가지고 싶었다. 그러면 나를 싫어하는 일을 그만둘 수 있을 것 같았기 때문이다. 그에 관해 아는 바가 없었기에 체험할 수 있었던 절대적 이미지. 내 안에도 절대적 이미지를 심기 위해 물음이고 물음은 느낌표와 물음표를 동시에 내포한 명법 "…하라!"로 우리를 사유하게(문제에 빠지게) 만든다. 들뢰즈는 이념이 다양체라고 말하고 사유의 미분이라고도 말한다. 다양체는 본질적 정의가 비어 있는, 변화 가능한 연속적 상태다. 즉, 어떠한 좌표 구성(1차원, 2차원, 3차원…n차원)에 놓이는지에 따라 여러 형태로 규정되고 존재할 수 있다. 한편 미분은 수학적인 상징 'dx'로 표현되는데, 일반적 사유의 기본 단위가 명제라고 한다면 미분은 이 명제가 그리는 곡선의 모든 점이 내포하고 있는 기울기라고 할 수 있다. 기울기는 비율, 즉 상호규정적 관계에 의해 결정되기 때문에 규정의 맥락과 환경에 따라 다각적으로 변모한다. 이념을 이처럼 다양체나 미분으로 정의하는 이유는 이념이 본성상 잠재적이기 때문이고 잠재적인 것은 마치 곡선이 내포한 기울기처럼 실재 자체에 내재하는 현실화 조건이기 때문이다.

들뢰즈에게서 현시적 이미지와 과학적 이미지의 단절, 즉 인식과 존재 사이의 단절은 문제시되지 않는다. 오히려 그는 참된 사유와 인식, 혹은 창조적이고 새로운 사유와 인식이 어떻게 (감성적) 존재로부터 발생하는지 밝히고자 한다. 라이프니츠가 말한 '미세지각', 가령 파도 현상을 구성하는 미립자들의 무한한 충돌은 우리가 직접 지각할 수 없지만, 들뢰즈적 관점에서 보면 그 미시적 세계와 감각적으로 관계 맺는 어떤 주체(애벌레-주체, 균열된 자아)가 존재한다. 이 관계를 인과적으로 이해할 경우 인식의 차원에 다양한 아포리아(특히, 사유 주체의 개념적 자발성에 대한 의심)가 등장하고 이로 인해 우리는 두 차원 사이의 단절, 분단을 유지하게 된다.

나는 나에 관해 이야기하지 않아야 한다. 나를 그만 주장함으로써 나에 대한 반론을 잠재우고, 이상적 비율 따위는 벗어던진 채로 내 고유의 리듬에 만족해야 한다. 나는 내가 등을 져야만 하는 고향이다. 이것이 여정의 조건이다.

그리고 여정의 끝에 네가 있다. 나는 네게 내 이야기를 들려주고 있고, 어쩌면 나 자신에게 하는 혼잣말에 그칠지도 모른다. 나는 소설처럼 원대한 글쓰기를 추진할 때마다 실패했다. 내가 상상하는 독자의 수준이 지나치게 높았기 때문이다. 글쓰기는 독자를 지워야만 시작된다. 너는 나의 독자가 아니라 청자다.

지금 소설을 쓰는 기분이 전혀 안 들고 약간의 자유를 맛보고 있다. 나는 내 자전적 이야기에 크게 관심이 없기 때문에, 네가 아니었다면 이런 이야기를 쓸 기회가 없었을 것이다.

물론 너의 관심을 끌고자 쓰는 것도 아니다. 너는 아무 관심이 없다는 걸 안다. 다만 너에게 나를 알려주기 위해 동원할 수 있는 수단 중에 내가 그나마 책임질 수 있는 말을 원인과 결과는 서로의 바깥에 존재하는 두 개의 항이다. 반면 잠재적인 것과 현실적인 것은 내재적인 관계를 맺는다. 파도를 구성하는 미립자들의 충돌이 파도 현상의 원인이라고 한다면 원인과 결과가 (구분되어야 함에도 불구하고) 서로 구분되지 않고 결국 하나로 수렴되는 문제가 발생한다. 즉, 미립자들의 충돌이 곧 파도의 이념이자 파도 현상 자체다. A=B가 성립할 때 A가 B를 인과 했다고 말하는 것이 무슨 의미가 있겠는가?

내가 철학의 도움을 받았듯이, 속된 말로 철학에 의해 구원되었듯이, 다른 삶의 고초를 미연에 방지하는 일이 가능할까? 다들 그렇듯이 나에게도 죽음이 얼굴을 들이민 시간이 있었고 나는 얼떨결에 빠져나온 듯하다. 나는 죽을 수밖에 없는 사람들의 사정을 잘 알지 못한다. 그래도 내 경우에 비추어, 나의 죽음을 또다시 방지하는 마음으로, 얼떨결에 다른 누군가의 죽음을 방지할 수 있을지도 모른다. 자아 이미지는 죽음충동과 관련 있다. 또한 그것은 들뢰즈가 말한 이념과 관계 있다. 그래서 들뢰즈를 읽고 있는 것이고 들뢰즈를 읽기 위해서, 혹은 받아들이기 위해서 칸트를 읽고 있는 것이다. 그렇다고 내 문장이나 글쓰기에 성공과 실패가 달린 것은 아니다. 누구를 죽이는 문장이 되든 살리는 문장이 되든 내 문장은 실패한다는 사실에 변함이 없고 나는 베케트의 말처럼 더 잘 실패하고자 한다. 이것은 자족적인 주사위 놀이다. 모든 숫자는 언제나 해답이 될 힘을 가지지 않는가?

죽음에서 모든 것이 시작된 듯하다. 나는 아직까지 인간의 시체를 본 적 없지만, 나의 앙상한 신체는 차라리 시체, 무에 가까웠다.

할 뿐이다. 이 이야기가 곧 나라고 생각하진 않는다. 개인의 정체성은 정해진 서사를 따르지 않기 때문이다. 지난 일을 편집해 서사로 구성할 수 있을지 몰라도, 나의 본질은 완성된 서사보다 차라리 편집의 방식 안에 놓여있을 것이다.

그러니까 내가 이 이야기를 전개하는 방식과 말투를 통해서 나를 조금이나마 알릴 가능성에 대해 낙관하고 있다. 너를 너무 방치한 듯하다. 네가 열쇠를 쥐고 있을 것 같다. 그 열쇠로 열리는 하나의 문은 우리 둘을 안전한 공간으로 안내한다. 그곳에 도착하면, 다시 서로를 잊도록 하자.

나는 죄의식이 강했다. 2012년이 끝나갈 때 지인들에게 손편지를 썼는데, 주로 내가 얼마나 못났고 미성숙했었는지 참회하는 내용이었다. 사실 참회는 남몰래 하는 편이 낫다. 어떤 친구는 상냥한 답신으로 나를 달래주었다. 자존감이라는 말은 사용하고 싶지 않다. 이상하게 편지를 받고 감동한 일은 잘 없었다. 좋은 사람이고자 하는 사람을 좋아해 본 적이 잘 없듯이.

그때 처음으로 나의 이미지가 소년의 모습을 하고 나를 찾아왔다. 나는 이불을 머리끝까지 올리고 밤이 지나가길 기다렸다. 야광 벽지에 그려진 무당벌레들이 침대 위로 기어오르는 상상을 하면 소름이 끼쳤다. 그 이미지는 여전히 소년이다. 나는 내 문제를, 혹은 내가 하나의 문제라는 사실을 받아들일 수 없었다.

마치 죽음의 감각이 태곳적부터 내 안에서 나를 기다리고 있었던 것 같았다. 깊숙한 동굴은 항상 우리를 유인하고 거기서 생겨나는 모든 소리는 어둠의 끝에 자리할 단 하나의 무시무시한 존재에게 귀속된다. 태고의 감각으로부터 형성된 어떤 자아 이미지는 철저히 내가 파괴해야 할 표적이었지만, 자아를 죽이려고 하면 할수록 반대로 자아가 나를 죽이려고 했다. 이 둘의 관계는 지금까지 크게 변하지 않았다. (나의 것이든 타인의 것이든) 죽음은 사유를 강제한다. 나는 나를 인간으로 표상하는 법이 없고, 나의 시간을 선형적 역사 속에 섣불리 용해하는 법도 없다. 물론 내가 나를 표상할 때 그것은 인간의 형상을 하고 있기는 하다. 하지만 그 이미지는 완전한 침묵 속에서 언어를 안에 숨기고 있기 때문에 인간적이지 않다. 차라리 자아 이미지는 어떤 동상이나 기념비와 같다고 말하는 것이 보다 적절할 것이다. 단, 대개 동상이나 기념비가 특정 (역사적) 시간을 안으로 응집시키고 있는 데 반해, 자아 이미지는 어떤 영원한 시간, 혹은 들뢰즈가 말한 순수한 과거의 이념을 가지고 있다. 이것이 순수한 이유는 선형적 시간, 특히 현재의 상관항에 불과한 상대적 과거가 아니라 오히려 현재와 미래를 가능하게 하는 조건으로 기능하기 때문이다. 그리고 이것이 이념인 이유 내가 잠을 설친 밤에도 너는 잘 잤더라면 좋겠다. 그래도 내가 시름시름 앓을 때마다 엄마는 열을 내려보려고 계속 수건을 차갑게 만들어서 가져왔다. 아빠는 종종 밤늦게 들어와서 침대에 누워있는 내 곁에 누워 등을 토닥여줬다. 내가 깨어있는 걸 어떻게 알았을까? 그때 사람의 등을 토닥일 때 심장이 뛰는 속도에 맞추면 좋다는 사실을 알았다. 왜냐하면 아빠의 박자가 그러했기 때문이다.

잠들기 전의 내 방을 떠올리면 어둠 대신 푸른 밤바다 색이다. 마치 잠들지 못한 나의 예민한 신경이 온 방을 물들이기라도 한 것처럼. 침대에서 창밖으로 바라본 건너편 아파트도 깨어있는 건 마찬가지였다. 나는 몇 개의 불이 켜져 있는지 헤아렸고, 우리가 구름을 보고 어떤 동물의 모습을 투영할 때처럼, 밝은 직사각형 창문들을 따라 선을 그리다 보면 어떤 형상이 완성되었다.

아침이 밝아도 전날의 기억이 고스란히 남아 있었다. 하루하루가 쌓여 몸이 무거워졌다. 그래서 아침밥이 잘 넘어가지 않았다. 위장은 내가 엄마 배 속에서 흡수한 음식을 아직도 소화시키지 못하고 있는 양 버거웠다. 학교에 가서 책상에 웅크려 가슴을 부여잡고 있으면 선생님은는 개념처럼 능동적 지성의 인식 대상에 머무르지 않고 어쩌면 개념으로 포착되지 않는, 동시에 우리의 감성에 불쑥 나타나 사유를 강제하는 역할을 떠안고 있기 때문이다.

작가의 그림들은 하나의 이념을 가리키기 때문에 연속적으로 보인다. 이념은 마치 신내림처럼 자신을 받들기를 요구하고 그러지 않을 경우 우리를 파괴한다. 이념을 받드는 일은 신적이며 따라서 인간적이다. 아쉽게도 나는 그림 그리는 사람이 아니라서 이념을 감각으로 표현할 수 없다. 예술과 달리, 이념을 철학적으로 표현하는 일은 항상 우회로를 경유한다. 그러니까 예술의 경우처럼 이념에 직접 맞서기보다는 이념과 반대되는 가상, 거짓 문제들을 먼저 밝혀야만 하고 그럼으로써 이념이 제 모습을 드러내게 만들어야 한다.

자아 이미지(self image)는 재현된 표상으로서의 자기 관념(self concept)과 혼동되기 쉽다. 자기 관념은 내가 스스로 형성했다고 믿는, 일련의 특징을 나열할 수 있는 '나'에 대한 인식의 종합이다. 타인도 나에 대해 자신만의 관념을 형성할 수 있고, 그는 이 관념을 바탕으로 나를 항상 동일한 나로 분류하고 인식할 수 있다. 하지만 타인이 나의 이미지를 멋대로 형성할 수는 없을 것이다. 왜냐하면 그는 나의 태곳적 시간, 이념으로서의 순수한 과거에 접근할 길이 없기 때문이다. 가령 우리는 카프카라는 인물에 대해 나름의 관념을 소유할 수는 있지만, 그가 자기 자신 안에 품었던 자아 이미지는 영원히 들춰낼 수 없는 비밀로 남을 것이다.

나는 이 자아 이미지의 발생적 기원에 큰 관심이 없다. 자아 이미

"쟤 왜 저러니?" 하고 말았다. 학교는 내가 어딘가에 속하는 일이 얼마나 어려운지 알려주었다. 한 무리에 속하는 것은 다른 무리로부터 고립된다는 것을 의미한다. 내가 속한 무리는 만족스럽지 않았고 다른 '상위의' 무리를 계속 갈망했다. 그 무리의 한두 명은 내게 관심을 보였고 더러 친구가 되기도 했지만 어떤 이유에서인지 곧 내게 등을 돌렸다.

하루는 따르던 무리가 나에게 함께 놀러 갈 것을 권했고 그들이 알려준 약속 장소에 나갔더니 아무도 없었다. 놀라운 것은 그들이 의도적으로 나를 따돌린 게 아니라 단지 나를 잊어버렸을 뿐이라는 점이다. 지나가는 친구가 무얼 하냐고 물었을 때 나는 집에 가는 길이라고 답했다. 나는 그곳을 짓고 있는 사람처럼 이런저런 구조물에 기대며 한참을 기다렸다.

어째서 기다리는 것은 오지 않는 걸까? 나는 지금 아무렇지 않다. 다들 그렇듯이 과거를 반추하는 김에 자세히 살펴보고 있을 뿐이다. 이런 기회는 흔치 않으니 말이다.

무언가 중요한 걸 잃어버린 듯한 감각이 사라지지 않는

지는 나에게 하나의 반복되는 문제다. 가령 우리는 낯선 소리가 하나의 문제로써 들려올 때, 특히 그것이 불안감을 야기할 때, 단순히 귀를 막아 해결하지 않고 소리의 원천을 직접 찾아 나선다. 원천이 되는 대상을 발견하고 나면 당황한 탓에 잠시 이리저리 흩어졌던 주체는 다시 균일한 원환의 형태로 중심을 지킨다. (여기서 흩어짐은 문제의 해결을 위해 주체를 외부 세계에 분배하고 파견하는 일에 해당한다) 만일 자아 이미지를 위와 같은 낯선 소리에 비유한다면, 그것은 어떤 소리라고 말해야 할까? 위치를 특정할 수 없는 야산에서 들려오는 익명의 동물 울음에 비유할 수 있을까?

새끼 고양이 울음 탓에 잠 못 이룬 밤이 있다. 지금에 와서야 새끼 고양이 울음이라고 단정하지만 당시에는 전혀 분류되지 않는 감각이었고 지치지 않고 반복되는 소름이 끼치는 소리에 밤새 적응할 수 없었다. 결코 그 울음의 원천을 찾아서 소리를 차단할 수 있을 거라고도 믿지 않았다. 주체는 능동적 종합과 규정을 포기하는 법이 없고, 만일 이 종합과 규정의 능력이 마비된 주체는 주체라고 부를 수 없을 것이다. 나는 그날의 식별할 수 없는 대상, 대상 아닌 대상 앞에서 그와 동등한 한낱 대상으로 전락했다. 울음은 내 세계를 지배했고 오히려 주체의 자리를 대신해 버렸다.

'문제의식'과 '문제' 자체는 구분되어야 한다. 수영을 배우는 사람은 물이라는 문제를 마주하지만, 물에 대해 문제의식을 갖지는 않는다. 아그네스 마틴은 자신이 그 어떤 선행되는 "관념(ideas)"도 갖고 있지 않다고 말했다. 이는 작가가 스스로 정립하는 문제의식보다 중요한 차원이 존재함을 암시한다. 그는 단지 "이다음에 무엇을

다. 어떤 기억은 너무 생생해서 그때의 내가 다른 차원이나 세계에서 여전히 살아서 같은 행동을 반복하고 있을 것 같다. 말이 안 되는 사실을 믿어야 말이 될 때가 있다. 꼭 내가 아니더라도, 40살의 엄마가 일요일 아침 이불을 털고 있고, 45살의 아빠가 술에 취해 계단에서 넘어지고, 70살의 할아버지가 나보다 빠른 걸음으로 성큼성큼 걸어가고 있다. 잃어버린 시간에 대해 마냥 다정한 태도를 취하기란 어렵다. 다정한 시선을 보내도 비정한 시간은 내게서 모든 걸 앗아간다. 시간은 그 많은 걸 가져다 어디에 사용할까?

엄마는 누구랑 통화할 때 신문지를 펴놓고 개나리를 그리고 또 그렸다. 선을 끊지 않고 한 번에 그리는 걸 유심히 지켜보다 보니 나도 그 방식을 습득할 수 있었다. 내 기억에 개나리가 10개를 넘긴 적은 없고 그 위로는 앞에 그린 개나리에다 덧입혔다. 나도 어느샌가 비슷한 습관을 길러 수업 시간에 십자가 문양을 반복해서 그리기도 했다. 나는 개나리 피는 봄에 태어났다. 할머니는 내 생일날 전화로 항상 그 이야기를 했다. 할머니는 더 이상 내 생일을 기억하지 못하기 때문에 생일이 다가오면 내가 알려드려야 한다. 생일 식사 자리가 마련되어 식탁에 둘러앉으면 할

할지" 생각한다. 스타일이 어떻게 창조되는지 묻는다면 소문자 관념(idea)이 아닌 대문자 이념(Idea), 즉 문제의식과 문제 자체의 구분에 의존해야 할 것이다. 문제의식과 달리 문제 자체는 어설픈 해답으로 해소되는 것이 아니라, 들뢰즈가 지적하듯이 스스로를 무한히 반복할 운명을 지니고 있다. 문제가 반복되고 작가는 문제를 반복한다. 문제에 답변이 제시되는 순간 작업은 중단된다. 반대로 작가가 문제의 구조를 반복적으로, 그러나 비-의식적으로 현시할 때 어떤 스타일이 등장하며 이 스타일 안에서 서로 닮은 꼴을 한 영원한 유희가 발생한다.

그래서 나는 작가의 문제의식을 더는 궁금해하지 않는다. 문제 속에서 시간은 단일한 총체를 형성하고 과거, 현재, 미래는 무차별적으로 뒤엉켜 존재한다. 문제는 과거의 반추로부터 탄생하지 않는다. 문제는 현재에 대한 긍정이나 집중, 또는 어떤 근미래의 계획과도 무관하다. 문제는 미래에 수행할 과업을 향한 막연한 '투사(projection)'도 아니다. 문제의 시간은 하나의 전체를 이루며 그것은 일시적이면서도 무한한 눈의 깜박임이다. (이런 의미에서 영원과 관계하는 적임자는 의식이나 정신이 아닌 눈일 것이다. 인지되지 않는 습관인 눈 깜박임은 감관의 운동임에도 불구하고 대상으로 하는 사물이 없다. 지금까지 나는 몇 번 눈을 깜박였는가? 오늘 나는 몇 번 깜박였는가? 앞으로 나는 몇 번이나 더 깜박일 것인가? 이런 질문들은 가차 없이 무화된다.)

"지금 당신은 어떤 주제에 대해 고민하고 있나요?"라는 질문을 받았을 때, 사유자는 자신도 모르게 어떤 가상을 꾸며내기 십상이

머니는 평소와 같이 밥을 먹고 이제 그 시간의 특별함을 표현하지 않는다.

지나간 시간이 다 무슨 소용일까? 나는 회상하고 있지 않다. 과거를 살아가고 있다. 기억은 흐릿해지지 않고 끝없이 각인되며 중첩된다. 나는 17살 무렵 글씨체에 광적으로 집착했다. 기대라는 친구의 글씨체를 발견했을 때 시작되었다. 그는 학교를 1년 다니고 해외로 나갔다. 이른 나이에 라디오헤드나 블러, 위저 같은 밴드 음악을 듣고 있었고, 하얗고 커다란 얼굴을 떠받치는 얇은 입술과 은은하게 날카로운 눈매가 지적인 인상을 더했다. 그의 필체는 아기자기하거나 올곧지 않았고 오히려 제멋대로였다. 보통 글을 예쁘게 쓰려는 사람은 모든 글자를 정사각형 안에 집어넣는 반면, 기대의 글자는 비율이 살짝 뒤틀려 가로로 긴 직사각형 안에 대부분 겨우 들어갔다.

그의 필체를 갖는다면 수업 필기 따위를 포함한 모든 글쓰기가 행복할 것만 같았다. 마치 어느 화가의 그림이나 드로잉 앞에서 단 한 번이라도 같은 선을 쓸 수 있다면 하고 바라듯이 말이다. 흥미롭게도 그는 학업에 뛰어난 편이 아니었고 크게 관심도 없어 보였다. 그가 사용한 볼펜다. 우리를 사유할 수밖에 없게 만드는 것, 즉 이념으로서의 문제는 미리 사유의 배경이자 전조로 자리 잡아 의식적 차원의 배후로 숨어든 상태다. 나는 이 문제의 일부를 취해서 주제화할 수 있지만, 이것은 결코 문제 전체의 차원에 도달하지 못한다. 그러니까 저 순진한 질문은 문제의 부분적 주제화 가능성에 대해 지나치게 낙관하고 있으며 심지어 문제의 부분과 문제 자체의 구분을 어떤 의식적 노력으로 극복할 수 있다고 자신하는 듯하다. 주체가 스스로 형성한 주제, 소위 '연구 주제'로 불리는 것은 가능하지 않은 해결을 목표로 하기 때문에, 그리고 오로지 그 목표에 도달할 가능성을 전제로 할 때만 진정한 주제로 간주되기 때문에 가상이다. 나아가서 이 주제는 이미 정립된 개념과 도식을 재구성하거나 재기술하여 그것의 권위와 유효성을 재차 인정하는 효과를 지닌다. 여기에 예속된 사유자는 제도의 토닥임 외에 어떠한 보상도 얻지 못한다. 특히 이 경우에 사유자는 자신의 고유한 문제와 이념에 관여하는 것이 아니라 남의 문제에 동원된다. '전문성'이라는 명분 아래 제도는 자신 있게 타성적 책임과 의무를 요구한다.

　이를 "당신의 문제는 무엇입니까?"와 같은 질문과 대조해 보자. 문제를 붙들고 있는 자는 "글쎄요."라고 하며 자신의 문제를 언어로 완벽히 풀어내는 데 난색을 표할 것이다. 문제는 언어로 풀이하는 것이 아니라 문제가 요구하는 어떤 일을 수행할 때 서서히 그 모습을 드러낸다. 아마도 전기 비트겐슈타인이 얘기한[13] 말할 수 없는 것에 이러한 문제들이 포함될 것이다. 그는 윤리와 가치를 위한

13　루트비히 비트겐슈타인, 『논리-철학논고』, 이영철 역, 책세상, 2006, p.120.

은 단조로운 디자인이었음에도 한국에서 익히 볼 수 있는 디자인은 아니었다. 내가 제일 먼저 한 것은 그 볼펜을 따라 사는 것이었다. 거기서부터 행복의 흉내가 시작되었다. 그리고 그의 노트나 교재를 빌려다가 글씨를 받아썼고 나름의 규칙이나 특징 등을 이해하게 되었을 때 돌려주었다.

행복을 흉내 내는 일은 하나도 행복하지 않았다. 내가 그의 글씨를 직접 베끼기 시작하면서 환상이 깨졌다. 내가 매료되었던 건 그의 필체에 한정되지 않았고 차라리 그라는 인간 전체였다. 학업 성과에 신경이 곤두섰던 나와 달리, 이 부질없는 짓들로부터 자유로웠던 기대는 누구보다 지적이었다. 왜냐하면 그는 벌써부터 말을 아낄 줄 알았기 때문이다. 그때 그 글씨로, 살짝 목을 의심하듯이 옆으로 꺾어서, 투박한 주먹으로 볼펜을 놀리며, 받아적는 내용보다 그 행위 자체에 몰두하는 듯한 광기 어린 눈빛을 애써 드러내지 않고. 나는 철저히 그의 영혼만을 탐했다.

한 명 더 있었다. 살짝 검은 피부와 마른 몸통 옆으로 휘청거리는 긴 팔 탓에 '간디'라고 불렸으나 본명은 기억나지 않는다. 그는 기대와 달리 학업에 열중했고 우수했다.

자리만을 마련했지만, 이는 지나치게 인간적이다. 인간이 무슨 수를 써도 인간으로 남을 수밖에 없다는 말은 옳다. 하지만 우리가 시작부터 인간으로 남기로 결정한다면 그 어떤 흥미로운 수도 나오지 못할 것이다. 오로지 실패만이 존재하는 놀이는 역설적으로 승리만을 반복하는 놀이이기도 하다.

내가 자아 이미지의 문제에 시달리고 있을 때, 정작 심리학적 관념과 사유의 이념, 즉 이미지를 구분하지 못했다. 관념은 그림이며 이는 그림을 그리는 자를 전제한다. 이미지는 그려지지 않고 단지 나타난다. 이미지는 스스로 자신의 형체와 본질적 구조를 만들어 낸다. 이런 의미에서 회화 작가는 그림을 그리는 자가 아니다. 물론 그는 무언가 그리긴 한다. 가령 그가 돌을 그릴 때 그는 돌의 관념을 머릿속으로 그린 다음 그것을 캔버스 위에 옮기는가? 만일 그렇다면 그는 잘못된 길에 접어든 것일 테다. 이러한 관념은 감각을 새롭게 창조하는 것이 아니라 그저 만족시키는 데 머문다. 관념은 대개 예술적 성공을 위한 전략의 차원에서 동원된다.

하지만 주사위 던지기에 어떤 전략이 필요하겠는가? 예를 들어 돌의 관념은 모든 면이 하나의 숫자로 된 뻔한 주사위라고 할 수 있다. 그래서 우리는 돌의 관념, 그리고 그로부터 나온 돌 그림에서 결과가 정해진 놀이를 지켜보는 인상을 받는다.

"그래, 돌을 재미있게 그렸군요."

"하지만 흥미롭진 않습니다."

이때 작가와 관람자 모두 자신의 세계나 인식 체계를 재확인하고 그것이 제자리에 있음에 안도한다. 반면, 돌의 이념은 익숙한 돌의 기대가 가졌던 서구적인 취향과 교양의 흔적은 전혀 없었고 오히려 멋과 매력의 관점에서는 뒤처진 듯했다. 대신 나는 그가 수학 문제를 풀어내는 간결함에서 아름다움을 엿보았다. 그는 기본 개념에 대한 명석한 이해를 바탕으로, 최소한의 풀이 과정을 거쳐 항상 확신에 찬 답을 내놓았다. 나는 그의 지성에 매료되었고 자연스럽게 글씨체를 수집해야겠다는 마음을 가졌다. 그는 노트에 주로 많은 것을 적었기 때문에 교재를 빌릴 필요는 없었다.

기대가 사각형을 생각하지 않고 글씨를 쓴 반면에 그는 정사각형 안으로 글자를 맞추려고 제법 노력한 흔적이 보였다. 필체에 규칙과 일관성이 있었으나 자세히 보면 혼란스러운 엉터리였다. 천진난만한 구석도 있었고 불필요한 획은 거의 없었다. 글씨를 베껴와서 정신도 함께 훔친다는 아이디어는 고등학생 시절 이후로 내 삶에서 자취를 감췄다. 그 이유는 나도 잘 모르겠다.

누군가의 선을 따라가 보는 것. 이는 보기보다 많은 걸 의미한다. 21살에 고흐의 그림을 드로잉으로 베끼는 연습을 했는데 그림을 잘 그리고 싶었던 건 아니고 고흐의 영혼과 일치하고 싶었다. 지금도 그림을 잘 그리는 일에는 관

관념에서 이탈하여 어떤 창조적 순간을 강제한다.

정신과학적 개념으로서의 자아 이미지는 나에 관한 경험적 정보의 종합을 의미한다. 특히 병리적으로 문제가 되는 자아 이미지, 그러니까 이상 현상으로 간주되는 자아 이미지는 주체가 자신에 관한 경험적 정보 중에 특정한 부정적 정보에 집중할 때 발생한다. 그래서 주체가 건강한 자아 이미지를 구축할 수 있도록, 그에 관한 긍정적 정보로 시선을 집중시키는 인지훈련을 해법으로 제시하기도 한다. 나 역시 자아 이미지와 관련하여 문제를 겪었고 비슷한 인지적 훈련을 시도했지만 설령 훈련이 성공한다고 하더라도 여전히 해소되지 않는 잔여가 있음을 깨달았다. 할아버지의 서재에 내 졸업식 사진이 액자에 담겨 있었고 그것을 본 나는 불길한 예감을 느끼면서 시선을 회피했다. 분명 나는 건강을 회복했고 나에 관한 부정적인 정보에 쉽게 흔들리지 않는다. 내가 본 사진 역시 사실의 차원에서 아무런 문제가 없었다. 내가 나를 마주할 때마다 등장하는 어떤 흐릿한 이미지, 그것이 문제였다. 결코 즐길 수 없는 회화를 보는 듯했다. 하지만 그림과 달리 나 자신을 무시할 수는 없다.

왜 그 이미지가 불쾌한지 말로 쉽게 설명되지 않는다. 불쾌가 단순히 감정으로 치부된다면 더욱 그러하다. 불쾌에도 다양한 층위가 있다. 특정 사람에 대해 느끼는 불쾌감은 일종의 평가적 감정으로, 그를 비판하고 격하시킴으로써 내 세계에서 덧칠로 지워내기 위해 존재한다. 이것은 촉발된 감정이지만 주체의 권한을 승계한다. 한편, 더위나 습기 등의 날씨가 유발하는 불쾌감은 결코 덧칠로 지워지지 않고 오히려 그 반대의 일이 벌어진다. 우리는 세계에

심이 없다. 글을 잘 쓰려고 하지 않듯이. 몇 달 전 고향 집 수납장에서 10년 전 드로잉을 꺼내보았다. 밤하늘의 별을 표시하는 방식부터 공기의 흐름을 표현하는 짧은 직선 혹은 곡선의 반복까지 세심하게 따라 한 흔적이 있었다. 보자마자 고흐의 그림을 따라 그렸다는 사실을 확인하면서도, 그것이 온전히 내 그림이라는 생각도 함께 들었다. 나는 10년 전 고흐가 동생에게 보낸 편지나 앙토냉 아르토가 고흐에 관해 쓴 글을 읽으며 그 사나운 화가에게 동화되려고 했고, 그러니까 고흐 자체가 되려고 했다. 고흐가 되었다고 하기에는 그만큼 잘 그리지 못했다고 반문할 수 있겠지만, 내가 고흐에게 느낀 공감과 매력의 정도가 하찮은 실력(기술)의 문제를 상쇄했다.

일종의 도벽이 아니었을까? 나는 남의 영혼을 훔치는 일을 점차 관두었다. 흉내에는 한계가 있고 결국 돌고 돌아서 우리는 우리 자신 안으로 들어가 스스로를 가둔다. 이것은 형벌이 아니고 정해진 수순이다. 나는 나다. 또한, 나는 너다. 이게 전부다. 우리는 태풍의 눈이고 바깥 사정을 알지 못하는 중심이다. 중심을 지킬수록 고요하고 번잡하지 않다. 최초의 기억이 있다. 아파트 뒤뜰에 서서 엄마의 카메라 셔터를 기다린다. 나는 한 손에 장난감 자동차를 의해 지워지는 경험을 겪으며, 지워지지 않기 위해 온 존재를 동원해서(땀의 배출) 견뎌야만 한다. 이때 주체는 권한 승계에 실패한다. 항상 음흉한 미소를 지으며 어둠 뒤로 물러서는 배경이 존재하며 이 배경은 불쾌한 감정 대신 불쾌한 '감각'을 발생시킨다.

우리는 감각과 관련된 사안에서 진실을 엿보게 된다. 같은 예를 사용하면, 타인에게 불쾌감을 느끼는 사람의 표정에는 인위적인 의사 표현과 날조의 흔적이 있다. 반면 날씨를 괴로워하는 사람의 표정에서 우리는 세계의 한 장면, 영혼의 한 파편을 읽어낸다. 그래서 이러한 감각의 차원은 언어의 도움을 거절하는 데 거뜬히 성공한다. 표정조차 결국 언어의 일환이 아닌지 물을 수 있다. 물론 표정도 저마다 고유한 '의미'를 표현하며 의미의 기본 단위가 문장이라고 주장하기도 한다. 하지만 문장과 명제적, 명시적 판단에 대한 과도한 신뢰는 철학에 불행을 안겨줄 것이다. 인간은 비인간 동물과도 어떤 표정들을 공유한다. 이것이 표정들 사이에 통하는 의미 덕에 가능하다고 말할 수 있으려면, 의미는 명제 단위의 제약을 짊어져서는 안 된다. 명제적 의미와 달리 표정의 의미는 서로 완벽히 일치하거나 대체할 수 없다. 그저 두 표정이 닮았고 엇비슷할 뿐이다. 두 표정, 표현이 일치되고 따라서 서로 대체되려면 우리는 표정이 아니라 머리를 통째로 옮겨야 할 것이다. 이것은 논리적 대체 가능성의 형식성을 어기는 일이 된다.

우리에게 문제는 늘 불쾌해야 하는데, 그래야만 누군가 자신(문제)을 해결하려 들 테니 말이다. 공포도 불쾌감과 비슷한 층위로 나눠볼 수 있다. 특히 영화가 흔히 표현하는 공포를 생각해 보면 들고 있고 기다림이 빨리 끝나길 바란다. 주변은 싱그럽지만 나는 무관심하다. 모른다는 말을 즐겨 사용했다. 장래에 뭐가 될 것인지 어른들이 물으면 최대한 정직한 답변으로 모른다는 말을 내놓았고 엄마는 그런 나에게 핀잔을 주었다. "물어본 사람을 민망하게 만들면 안 되지." 조금 시간이 지나자 엄마가 제안하는 장래 직업들이 하나같이 매력적으로 들렸고 나는 그녀가 깔아놓은 길만 걷고 싶었다. 그렇게 태풍의 중심부에서 멀어졌다.

엄마는 나를 예술적인 인간으로 보지 않았고 나는 그 믿음을 깨고 싶었다. 내 안 어디를 뒤져보아도 제대로 된 예술은 나오지 않았지만 인정할 수 없었으며 절망하지 않기 위해 거짓된 믿음의 절벽에 매달렸다. 힘을 놓고 추락해보니 바닥은 가까웠다. 나는 엄마를 놀라게 하거나 즐겁게 할 때, 또는 엄마가 놀라워할 때 가장 행복했다. 워낙 말랐었기 때문에 안방 이불을 뒤집어쓰고 배를 납작하게 하면 엄마는 그 안에 내가 있는 줄 몰랐다. 이불을 걷어내며 해맑은 얼굴로 등장하면 엄마는 일단 미소를 지었지만 금세 표정이 일그러졌다. 자식이 선보이는 일종의 자학적인 유희 앞에서 마냥 웃기만 하는 부모는 없을 것이다.

우리는 공포에 질린 인물에 이입하거나 공감하지 않는다. 그와 같은 쪽으로, 즉 공포의 대상이 존재하지 않는 곳으로 도망칠 준비를 할 뿐이다. 공포만이 촉발할 수 있는 존재론이 있다. 비슷한 맥락에서 자아 이미지가 유발하는 불쾌감은 정서적 반응의 차원을 넘어 존재론적 차원에 속한다.

　감정, 정서는 내밀하고 일시적이며 지루한 자기 이야기다. 반면 존재는 모두가 나눠 가지며 존재가 겪는 문제는 영원하다. 가령, 지렁이가 습도와 관련해 겪는 문제. 이런 의미에서 경험적 사유와 인과주의에 의지하는 자연주의에는 맹점이 있다. 자연주의에서 시간은 예측과 설명을 위한 수단이자 틀로만 기능하며 이 예측과 설명의 보편타당성 때문에 시간 역시 누구에게나 동일한 선형적 시간으로 개념화, 이상화(idealize)된다. 그러나 존재론적 시간의 이념은 이러한 설명으로 소진되지 않는다. 왜냐하면 존재의 차원에서 시간은 각 존재(유기체) 안으로 파고들어 저마다 고유하고도 구체적인 상처를 내기 때문이다. 상처는 모든 경험의 바탕이 되고, 모든 경험은 상처를 아물게 하기 위한 양분이 된다. 우리는 그 흉터로 상대방을 알아보고 오로지 흉터의 과거만을 기념한다. 흉터, 영원히 메울 수 없는 구멍으로 시간의 소용돌이가 빨려 들어간다. 이 시간은 소용돌이가 탄생하기 위해 필요했던 모든 원소와 요소들의 시간, 즉 순수한 과거를 포함하며 나아가서 아직도 형성 중인 순수한 과거를 눈앞에 현시한다.

　불쾌감은 어떤 문제든지 그것이 태생적으로 갖고 있는 위력에서 기인한다. 위력은 늘 우리를 단번에 불쾌하게 만드는데, 왜냐하면

20살에 지인들에게 나눠준 고해성사 격의 편지에도 예외가 있었는데, 나는 군 입대 전에 부모님의 죄의식을 유도하기 위한 편지를 남겼다. 시인 이상의 영향으로 퇴폐적인 문장을 사용했는데, 특히 내 "고장 난 위장"이 "헝겊"으로 되어 있고 그 안에 "무수한 털"이 소화를 방해한다는 식이었다. 나는 항구적 소화불량이 가져온 불행의 시작으로 부모님을 지목했고, 헝겊 위장은 음식을 소화시키지 못했을 뿐만 아니라 세상을 받아들이는 데도 실패했다. 편지를 를 말없이 책장에 꽂아두었는데 부모님은 그것을 곧 발견한 다음 나에게 미안한 마음을 가졌다.

유전적으로 엄마의 위장을 물려받은 것은 사실이다. 엄마는 자주 명치 부근을 손가락으로 꾹꾹 눌렀다. 소화를 고려해 질긴 고기는 제대로 씹지 못했고 귤마저 속 알맹이만 빼먹고 껍질은 뱉어냈다. 뱀의 허물 같은 껍질이 하나둘 쌓이면 엄마가 음식을 먹은 건지, 아니면 엄마가 속에 품어온 무언가가 입 밖으로 나온 건지 분간하기 어려웠다. 엄마는 사탕을 먹고 자면 다음 날 바로 살이 찐다고 했다. 그것이 신기하고 부럽기까지 했다.

나는 체중을 불리기 위해 많이 먹으려고 조금만 애써도

문제가 가진 위력은 우리에게 명분 없는 죽음을, 또는 카프카적인 변형을 요구하며 죽음과 변형에는 기존의 자신에 대한 배신이 수반되기 때문이다.

실재에 의한 것이건 가상에 의한 것이건 우리가 죽음을 예감할 때 느끼는 불쾌감은 유한한 동시에 영원한 삶이 주는 신비감과 같은 것이다. 즉, 불쾌와 신비라는 존재의 두 비밀이 결탁해 서로를 번갈아 비추고 있고, 우리는 그 빛의 반사를 경험할 때 죽어야 할 것 같기도 하고 살아야 할 것 같기도 한 모순된 상태에 빠진다. 자아 이미지는 궁극적으로 오직 이념이기만 하지만 때로 가상으로, 즉 한낱 관념으로 오인될 위험이 있다. 가상은 다른 가상으로 증식되고 전염되어 사유가 제 역량을 발휘할 수 없게 만든다.

역량은 하게 되어 있는 일을 성공적으로 이뤄내는 것이다. 각 사유자는 서로 다른 사유의 역량을 분유한다. 그럼에도 이 역량들에 공통된 힘이 있는데, 바로 어디 예속되지 않고 스스로 자유를 구가할 능력이다. (따라서 자유는 음악적이며, 흥얼거림에도 자유의 흔적이 엿보인다.) 이 능력은 예술적 창작에서 대표적으로 발휘되지만, 이 역시 한 분과에 불과하며 보다 더 다양한 양태가 가능하다. 반대로 자유의 예속은 주로 가상을 믿거나, 가상에 헌신하거나, 타인의 꿈을 좇을 때 일어나지만 마찬가지로 여러 양태로 모습을 드러낸다. 정신의 예속은 사유의 철창신세고 도살꾼, 포획 꾼이 아니고서야 누구도(심지어 사냥꾼조차) 철창 안에 갇힌 동물을 보며 기뻐하지 않는다. 왜냐하면 어떤 동물도 그 안에서 기뻐하지 않으며 우리는 기쁜 소식 없이 찬미할 수 없기 때문이다.

다음날 쉽게 탈이 났다. 팔굽혀펴기 같은 운동을 하면 높은 확률로 병을 얻었다. 육체가 내 발목을 잡고 놓아주지 않았다. 그래서 미래로 나아갈 수 없었다. 육체가 지체되어 다른 생산적인 일은 더욱 연기되었던 것이다. 간혹 사람들은 나의 제자리걸음을 이해하지 못했다. "왜 그는 진전하지 못하는가?" 어쩌면 나의 육체는 의도적으로 나를 붙잡아 정상적인 환경에서 이탈시켰을 수도 있다. 왜냐하면 그 길이 내가 세계에 적응할 수 있는 유일한 방도였기 때문이다.

모든 사랑에는 저마다 때가 있고 나는 나를 사랑할 수 있는 시기를 놓쳤다. 어떤 사람은 사랑의 부재를 증오로 발전시키지만, 나는 그저 나를 사랑하지 않는 길을 걸었다. 부재 자체는 부정적이지 않다. 나중에는 과연 자기 자신을 사랑하는 일이 논리적으로 성립 가능한지 의문이 들기까지 했다. 사랑은 타자에 관한 것이 아닌가? 내가 사랑한다고 믿는 나 자신은 과연 나의 타자로 지목될 수 있는가? 나는 내 마음대로 나를 대상화할 수 있는가? 이 질문들을 던질 때만 해도 유효하고 적절하게 들렸지만, 알고보면 자기애를 경험하지 못한 자의 부실한 언어를 증명한 꼴이었다. 나는 나를 사랑하려고 들지 않는다. 실패도 성

가상의 자아 이미지는 가상 중에서도 가장 큰 위험을 지니는데, 그것이 주체의 전체 운명을 결정짓기 때문이다. (나는 여전히 자아 이미지로부터 불쾌감을 느끼는데, 내가 여전히 예속되어 있고 가상에 빠져 있기 때문일까? 이 글쓰기는 나의 자아 이미지에 대한 '자기진단'이라고 할 수 있다. 당연히 문제는 있기 마련이고 나는 그 문제를 해결하러 온 것이 아니라 받아들이기 위해 온 것이다. 심지어 문제를 떠받들 준비까지 마쳤다. 가상의 문제는 나를 병들게 하지만 이념의 문제는 나를 치유한다. 중요한 것은 내 문제 안에 숨어 있는 이념적 성격을 들춰내는 일이다.)

불의 이념은 불이 될 수 있거나 불이 되어가는 어떤 미시적, 잠재적 상태 그 자체다. 불의 이념은 실제 자연의 불로 현실화된다. 즉, 언제나 잠재성으로부터 현실화로의 이행이 있으며 이 이행의 초월적(transcendental) 구조가 바로 이념이다. 그런데 인간의 이념, 자아의 이념의 경우에도 동일할까? 이념의 세계 안에는 인간과 자아의 자리가 없을지도 모른다. 인간은 종(genus)이고 자아는 동일성과 개념에 매개되는 반면, 이념은 유나 종의 분류를 넘어서고 동일성, 일반성, 개념과 같은 사후적 의미 창출에 선행되기 때문이다. 자아의 이념이 존재한다면 그것은 오직 우리에게 익숙한 자아를 폐기하는 역설을 범하는 한에서 존재할 것이다. 우리는 이념을 먼저 만들어놓고 이로부터 존재를 빚어내는 게 아니다. 이념과 존재는 상호규정적이다. 따라서 나는 이렇게 물어야 한다. 나의 자아 이미지는 어떤 이념과 관계 맺는가?

이에 답해보기 앞서 따져볼 것이 있다. 들뢰즈가 이념이 곧 문제공도 없다. 내가 나와 관계 맺는 방식은 따로 있다. 그렇게 되었다.

어려서부터 얇고 넓은 관계에 약했다. 나는 어떤 친구를 만나든 깊은 우물 안으로 초대했다. 영구적으로 보존된 듯한 안광을 지녔던 강현이를 기억한다. 그를 종종 우리집에 초대했고 나는 그에게 반드시 나와 체스를 둘 것을 부탁했다. 체스에 흥미가 생겼는데 체스를 혼자 할 수는 없으니까, 사실 강현이가 아니더라도 많은 친구들이 초대되어 내가 은근슬쩍 내미는 체스판에 갇혔다.

강현이는 명석했음에도 나의 영리함을 질투하지 않았고 그가 일찍부터 경쟁을 초월했다기보다 나를 자신과 다른 차원의 인간으로 인식했던 것 같다. 그는 내 피아노 연주를 진심으로 좋아해 주었다. 그는 운동에는 크게 소질이 없었지만 나의 요청에 용기를 내어 운동장에 참여하면 나 역시 진심으로 기뻤다. 초등학생 때 시험 감독이 소홀했었는지, 우리는 가끔 함께 답안을 상의하며 시험을 치렀다.

한 번은 그가 띄어쓰기 문제를 헷갈려했는데 내게 도움

라고 했을 때, 이는 마치 우리가 자의적으로 문제를 생성할 수 있음을 암시하는 듯하다. 하지만 내가 멋대로 불의 이념을 설정할 수 없을 것이다. 불의 이념은 객관적이며 내재적으로, 자체적으로 규정된다. 선생은 언제든 문제를 낼 수 있다. 하지만 그가 문제를 내려면 이미 문제가 존재해야 한다. 즉, 그가 삼각형을 정의해보라는 문제를 내려면, 이미 삼각형의 이념이 완성된 상태로 잠들어 있어야 한다. 그는 이념을 잠시 깨워 모셔 온다. 인간이 삼각형을 알기 전에, 그것을 수학적으로 정의하기 이전에도 삼각형은 완성되어 있었다고 봐야 하지 않을까? 이런 의미에서 이념, 문제는 발명되는 것이 아니라 발견되는 것이라고 해야 하지 않을까?

들뢰즈는 사유란 곧 '사유한다는 것은 무엇인가?'라는 물음 이외에 다른 것이 아니라고 말한다.[14] 그리고 이 물음이 곧 사유의 이념이다. 그렇다면 나는 이 책에서 '자아란 무엇인가?'라는 정신과학적 물음이 아니라 '나로 있다는 것은 무엇인가?'라는 수행적 질문을 던지고 있다. 그리고 나는 자아가 어떤 이미지며 그 이미지가 나에게 강제하는 특정 사유가 있다고 말하고 있다. 이 이야기에 동원되는 사적 내러티브나 유사 현상학적인 풀이가 불편하게 다가올 수 있다. 철학은 경험으로부터 독립된(아프리오리한) 순수 이성의 학문으로 여겨지기 때문이다.

나는 사적 경험에만 호소하고 있는가? 자전적 이야기에 등장하는 경험은 주로 (실제로 일어났든 아니든) 사실들이다. 반면 나는 권리의 차원에서 주장하고 있다. 자아 이미지로부터 무언가 경험

---

14 질 들뢰즈, 『차이와 반복』, 김상환 역, 민음사, 2004, p.428.

을 청했고 나는 확신에 차서 내 답을 알려주었다. 알고 보니 그가 원래 골랐던 답이 정답이었다. 강현이는 쉬는 시간에 창가에 앉아 유리구슬 같은 눈물을 떨어뜨렸고 나는 그 눈물이 산산조각 나는 소리를 듣고 마음이 아팠다. 그때 사과하지 못한 것이 아직도 마음에 걸린다.

그의 어머니는 엄마와 내가 자주 간 빵집에서 일을 했다. 어린 내가 보기에도 잠깐, 혹은 취미로 일하는 것 같지 않았다. 그녀는 항상 거기 있었다. 우리가 등장하면 밝게 맞아주었지만 그녀의 미소 뒤로 다양한 피로가 숨어 있다고 생각하면 기분이 이상했다. 강현이에 대한 자랑스러움과 기대감이 강해 보였던 건 사실이다. 강현이는 그 기대에 부응해서 의대에 진학했다고 들었다. 이상하게도 우리는 중학교부터 교류가 끊겼다. 아마 내가 학업보다 놀기를, 반대로 그가 놀기보다 학업을 택하면서 갈라진 모양이다. 그래도 우리는 한때 서로의 날개가 되어주었다.

좋아하는 상대가 생기면 한없이 위축되었다. 길에서 마주칠 것 같으면 미리 반대편으로 건너갔다. 유독 거짓말을 많이 하게 되었는데 악의는 없었고, 그것이 문제였다. 같이 다니던 수학 학원이 끝나고 동일한 방향으로 가고 싶한 것은 맞지만 이 경험의 정당성을 묻고자 한다. 자아 이미지에 의한 피해사실을 적시하고 있다. 자아 이미지는 나의 경험이 아니라 하나의 문제다. 해결을 끈질기게 요구하는 동시에 해답을 등 뒤에 숨기고 있다.

여기서 자아 이미지의 아이러니에 절망하는 자는 악몽과 가위에 시달리다 세상에서 물러나기도 한다. 나는 절망의 출구를 찾으려고 했으나 모두 알고 있듯이 출구 따위는 존재하지 않았다. 출구 없는 미로 속에서 우리가 내릴 수 있는 최선의 결정은 무엇인가? 미로의 모퉁이마다 같은 문제가 현기증을 일으키며 반복된다. 반복되는 문제는 한없이 새롭고 낯설다. 미로 속에서 발가벗은 몸으로 숨질 운명이라면 차라리 반복되는 문제를 경외하며 치켜세우는 편이 낫지 않은가? 끝내 문제의 답을 구할 수 없다는 걸 알면서도 일단 가진 수를 모두 동원하는 편이 좋지 않은가? 이때 출제자를 생각해서는 안 된다. 문제가 곧 출제자다. 우리는 답을 알지 못할 테지만, 반대로 우리의 답이 틀렸는지도 알 수 없을 것이다. 출제자가 요구하는 것은 답안의 제출 딱 한 가지다.

여기 신체가 있다. 그리고 영혼이 그 신체를 품고 있다. '하나의 영혼이 있다.'는 표현은 잘못되었다. 영혼은 양화 가능하지 않다. 나는 영혼이 존재한다고 믿지 않는다. 그럼에도 영혼이 내게 계속 묻는다. 나는 정확한 내용을 못 알아듣고 그것이 질문이라는 사실만 안다. 영혼은 소리를 내고 항상 끝을 올린다. 영혼은 언어가 없고 말만 있다. 영혼은 앞을 보지 못하고 만나는 사물마다 무언가 하나씩 훔쳐 온다. 방파제의 조개들처럼 훔쳐 온 사물들이 영혼의

은 마음에 나의 집 위치를 엉뚱하게 설명하곤 했다. 내 영어 실력을 부풀린 적도 있고 키가 많이 자란 것처럼 말해 미래의 나를 기대해 주길 바랐다. 거짓말이 없었다면 한마디도 하지 못했을 것이다. 구실을 만들고 인연을 이어가기 위해서는 진실이 한참 모자랐다. 생계형 소설가처럼 말을 지어내는 일이 요긴했다.

너는 여전히 어둠 속에서 잔잔히 흐르는 강을 바라보고 있다. 나는 네가 내 이야기를 다 들었다고 믿는다. 그것이 너에게 어떤 의미를 가질지 모른다. 불가능성은 글이 결정하는 게 아니라 듣는 네가 결정한다. 아무리 오류 없이 정확하게 서술하려고 해도 이런 이야기가 네 관심사가 애초에 아니라면, 그 사실을 감안하고서라도 이야기를 지속해야만 했다면, 이것은 하나의 불가능한 이야기라고도 할 수 있겠다. 그래, 불가능을 처음부터 감안했다. 감안했지만, 불가능을 전적으로 신뢰하지는 않았다. 어린 내가 누구를 마주치기 위해 같은 곳을 반복해서 맴돌았을 때, 나의 목표는 불가능했지만 그 아이와 마주칠 가능성 하나만큼은 계속 신뢰했다. 그래서 한 바퀴 한 바퀴가 새로웠고, 이전 회에 마주치지 못했다는 사실이 이번 회의 행운과 무관하다는 사실을 알고 있었다.

표면에 붙어 있다. 영혼은 그 표면을 자신의 얼굴로 착각한다. 착각만 하다가 끝이 온다. 그러므로 이것은 착각이 아니다. 나의 현재는 항상 영혼의 과거다. 내가 경험하는 것은 영혼이 먼저 경험한 것이다. 이런 식으로 시간이 어긋나고 불일치는 영원히 시정되지 않는다. 삶은 공원이나 공터를 가리킨다. 삶은 적절한 사유의 대상이 될 수 없다. 공원과 공터는 방치되었을 때 가장 아름답기 때문이다. 그래서 내게 '어떻게 좋은 삶을 살 것인가?', '삶을 어떻게 긍정할 것인가?'라는 질문은 월권처럼 들린다. 우리는 공원의 길을 따라 조용히 걸을 뿐이다. 거기 새 길을 내고 닦으려면 권한이 필요하니 피곤한 일이다. 반대로 좋은 영혼과 영혼의 긍정에 관한 일은 내게 남은 권리를 마저 박탈하고 나를 철저히 수단으로 이용한다. 즉, 영혼을 긍정하려면 영혼에게 철저히 이용당해야 한다. 법을 긍정하는 자가 벌을 달게 받듯이 말이다.

다시, 자아 이미지는 이념이다. 삶이 그리는 곡선이 있다면 이념은 각 점의 미분값, 즉 기울기다. 자아를 거울에 비추면 아무 형상도 나타나지 않는다. 자아 이미지는 거울 이미지가 아니다. 당신에게 폭력을 행사하는 자기 자신의 이미지는 당신과 동일하지 않다. 어쩌면 자아 이미지는 나와 상관없는 것일지도 모른다. 그러니 자아 이미지가 괴물의 형상을 하고 있어도 안심해도 된다. 당신은 괴물이 아니며 오히려 괴물과 사투를 벌이는 중이다. 다만 그 괴물이 당신 안에 거주할 뿐이다. 자아 이미지는 언어에 의해 충분히 포착될 수 없기 때문에, 언어를 동원한 우리의 포박 시도는 매번 실패한다. 따라서 우연히 포승줄에 얽어걸린 대상을 자아 이미지로 착

이제 무엇이 남았는가? 내 과거의 기억은 드디어 소진되었는가? 아니, 한도 끝도 없이 남아 있고 나는 얼마든지 더 만들어내고 반복할 수 있다. 강물을 길어 올려서 너와 나 사이에 길을 트려고 했다. 여전히 나는 나의 존재 전체로 인해 신경이 따끔거린다. 나중에 나는 이 모든 것에 대해 훨씬 더 자세히 쓰게 될 것이다.

글쓰기는 제법 도움이 되었다. 내 신경이 따끔거릴 때 네 존재를 떠올리면 통증이 완화된다. 이 글쓰기는 내가 평소에 그려왔던 종류의 글쓰기가 아니었기에, 나 자신을 조금은 어루만지며 지속했다. 그리고 내가 오로지 진실에만 의거했다는 사실이 역설을 불러일으킨다. 한바탕 꿈을 꾼 듯하다. 다시 읽어 보면 온통 허구다. 나는 내가 한 이야기들이 실제로 일어난 일이라고 확신할 수 없다. 다시 말하지만, 나는 진실에만 의거했다.

어떻게 앞으로 나아갈 수 있을까? 운이 따르는 한, 삶은 알아서 지속한다. 삶은 나를 계속 죽인다. 그러니까 살아갈 방도는 따로 찾아야 한다. 글쓰기는 삶이 나를 죽이기 전에, 먼저 삶을 겨냥할 수 있는 유일한 무기 같다. 시간은 알아서 흐르기에 그것을 지속시키는 데 관심을 두어서

각해서는 안 된다. 자아 이미지는 우리가 가만히 있을 때, 가장 깊이 잠든 순간에 알아서 모습을 드러낸다. 자아 이미지를 만나려면 꿈을 꿔야 하는데, 꿈은 꾸고 싶다고 꿀 수 있는 게 아니기에 꿈과 당신은 합치된 의견에 도달해야 한다. 내가 어떤 생각을 했을 때, 같은 순간 같은 생각을 하는 사람이 있는지 궁금해하듯이. 꿈을 꾸려면, 그것도 꿈에서 자아 이미지를 만나려면 이 정도의 우연이, 인연이 요구된다. 아쉽게도 이런 우연은 항상 예기치 않게 찾아와서 그를 알아보고 맞이할 여유를 제공하지 않는다. 막상 꿈이 오면, 꿈을 꾸느라 바쁘다. 그리고 눈을 떴을 때 꿈은 이미 증발해 있고 희미한 흔적만 잠시 남는다. 그 흔적을 꿈의 흔적이라고 부르기엔 전혀 실마리가 없다. 자아 이미지는 영원히 당신을 어길 것이다. 따라서 어떤 인간적 시도나 요구를 단념하는 편이 낫다. 그것은 잉여이자 전체이며 배제된 상태로 우리를 지배하는 유일한 소수자다.

사람들은 그를 이미지라고 부른다. 어떤 이미지인가? 아무도 대답하지 못한다. 그저 이미지라는 사실만이 자명하다. 그가 건네는 이야기조차 이미지다. 그래서 사람들은 그의 말을 듣지 않고 바라본다. 그의 집에는 거울이 없다. 스스로 자신이 이미지라는 것을 알고 있다. 이미지는 비트겐슈타인이 비판한 사적 언어가 아니다. 이미지는 언어가 아니다.

나는 예전부터 눈을 감으면 어떤 형상을 보았다. 뱀의 허물 같은 표면. 주름지고 건조한 피부를 확대한 영상. 퇴적된 하부 지층의 균열 상태. 때로는 붉거나 푸른 섬광을 보았다. 그것을 그림으로는 안 된다. 알아서 이뤄지지 않는 일에 사력을 다해야 한다.

나는 내가 기억하지 못하는 모든 것이다. 따라서 여기 기억해 낸 일들은 더는 내가 아니게 되었다. 내가 아니지만 나의 일부이며, 그래서 너이기도 하다. 그래, 앞으로 최대한 많은 기억을 떠올리면 좋을 것이다. 지나간 일이든, 일어나지 않은 일이든, 앞으로 일어날 일이든, 다 기억하고 싶다. 그렇게 해서 내가 아닌 것들을 앞세우고 그것들이 하나의 도서관 장서를 이루어 나를 압도하길 바란다. 네가 그 도서관을 맡아주면 좋겠다.

오랜만에 집에 돌아와서 창밖 아파트를 바라본다. 동일한 크기의 사각형을 채우는 빛과 사물의 조화가 모두 다르다. 마치 인화를 기다리는, 혹은 미처 인화되지 못한 필름을 보는 것 같다. 각 집의 커튼에 가려진 이야기들에 주목하지 않고 함부로 예상하지도 않는다. 한 군데라도 불빛이 꺼지면 내가 바라보고 있던 걸 들킨 듯하다.

종종 이렇게 집에 와서 밤을 맞이하면 부모님은 이미 잠든 지 오래고, 나는 집안이 지나칠 정도로 조용하다고 생옮길 수 있는가? 그에게 요즘 어떤 이미지를 보고 있냐고 묻는다. 그는 자신에 관해 생각하는 법이 없다. 아니, 그는 생각하는 법이 없다. 마치 신을 오직 부정적인 기술로만 정의할 수 있다고 믿은 중세 철학자처럼 그는 자신이 '보고 있지 않은' 다양한 이미지를 종이 위에 끄적거리면서 자신이 보고 있는 이미지를 간접적으로 가리킨다. 그는 자신이 어느 부분에서 실패하고 미끄러지는지 알고 있다. 이 드로잉은 이미지의 질감을 재현하지 못했고, 이 그림은 여기서 선을 잘못 꺾었고…. 이것은 이성적 앎이 아니다. (들뢰즈는 배움과 앎을 구분한다) 그는 이미지를 배우고 있으며 어떤 복잡한 연산을 연습하고 있다. 배움에서 사유와 이미지는 일치한다. 회화 작가 뤽 튀망(Luc Tuymans)의 인터뷰와 에세이[15]를 보면 그가 자신의 그림을 훤히 들여다보고 있다는 인상을 받는다. 그의 말들을 어떻게 받아들여야 할까? 그것은 이미지에 선행하는 것도, 사후적으로 덧붙여진 것도 아닐 테다. 동일한 이념 아래에 말과 이미지가 같은 자격으로 스스로를 표현한다. 사유의 정확성과 구체성이란 이런 것이다. 따라서 그의 풍부한 언어를 보고서 그가 의도를 갖고 이미지에 접근했으리라고 예측하면 안 된다. 말이 벌써 이미지에 엉겨 붙어 복합체를 구성하고 있으며 이때 말은 이미지를 묘사하는 불충분한 수단에 그치지 않고 실패 없는 놀이가 된다. 왜냐하면 애초에 말이 아무것도 겨냥하고 있지 않기 때문이다.

"나는 받아들일 수 없습니다."

목적어가 비어 있다. 받아들일 수 없다는 사실만 알겠다. 삶 자체

---

15 Luc Tuymans, *ON&BY LUC TUYMANS*, MIT Press, 2013.

각한다. 일시적인 침묵, 간헐적인 코골이가 다가올 부재를 예고하고 있기 때문일까? 나도 동일한 운명이라면, 나는 어떻게 나의 부재를 세상에 예고하고 있을까?

내가 어지럼을 느끼지 않고 탈 수 있었던 유일한 놀이기구는 회전목마였다. 내일은 평소보다 가볍고 당차게 걸어 봐야겠다고 다짐한다. 회전목마만 반복해서 탈 수는 없었기 때문에, 대체로 친구들이 타러 간 놀이기구 입구 앞에서 혼자 기다렸다. 발 디딜 틈 없던 광안리 해변에서 보낸 어느 휴일, 인파에 휩쓸려 엄마와 누나를 잃어버리고 만다. 수박처럼 생긴 튜브를 들고 거인들 틈에서 영원히 가족을 찾지 못하는 상황을 떠올린다. 인상을 찌푸린다.

아빠와 매일 영화를 본다. 엄마와 요일마다 사수하는 방송이 하나씩 있었고, 우리는 졸린 눈을 비벼가며 같은 목적을 공유했다. 엄마가 예능 프로그램을 보거나 우스꽝스러운 동물이 나오는 영화를 보며 큰 소리로 웃을 때마다 나는 같은 웃음을 반복해서 안겨주고 싶다. 그런데 엄마가 시를 쓰거나 책을 읽을 때는 엄마가 흘리는 눈물로 진주를 만드는 상상을 하게 되고, 그 진주를 바다에 던지면 세상이 진줏빛으로 물든다. 나는 엄마가 보는 하늘이 항를? 빠져나갈 구석을 만들어야 한다. 뱀들이 스멀스멀 기어 올라온다. 원래였으면 나는 나를 받아들일 수 없다고 말했을 것 같다. 그런데 내가 아니다. 내가 아니라 어쩌면 존재일지도 모른다. 그 존재는 나의 존재가 아닐지도 모른다. 토해내고 싶은데 속이 비어 있다. 자아는 균열되어 있다. 자아는 동일하지 않다. 위안이라고 해야 할지. 적어도 경험적인 차원에서 나는 나를 균열된 상태로 경험하지 않는다. 단지 자아가 균열되어 있다고 '믿을' 뿐인가? 나는 다른 사고방식을 가져야 하는가? 시간이 가장 문제다. 시간이 너무 매끄럽다. 어제와 오늘, 조금 전과 지금이 탯줄로 연결되어 있다. 서로가 서로를 낳아서 모두 닮았다. 어제를 몰라보면 좋을 것이다.

글쓰기에 헌신해야만 한다. 헌신을 통해 소멸되는 것이 있다. 이것이 점으로의 수축이 의미하는 바다. 나는 점이 되고자 하며, 내가 점이라는 사실을 기필코 믿어야 한다. 점은 안으로 주름져 있다. 주름을 펼치면 이미지가 된다. 한 번 펼쳐진 것을 다시 원상태로 되돌릴 수는 없다. 하지만 점이 스스로 수축하는 힘을 회복해 낸다면, 이야기가 달라질 것이다. 힘 닿는 데까지 모든 삶의 요소를 간단히 만들려고 했다. 글쓰기에 힘을 실어주면 점으로의 수축이 시작된다. 나는 카프카를 카프카의 글쓰기와 일치시킨다. 오직 이런 방식으로만 그를 이해한다. 지금 나에게 남아있는 유일한 정보이기 때문만은 아니다. 그가 살아있을 때도 글쓰기는 그에게 유일했다. 일식 때 달이 태양을 가리면 달은 달이 아니게 되고 태양은 태양이 아니게 된다. 대상의 내용이나 본질을 변화시키지 않고도 차이를 발생시킬 수 있다. 반대로 외형에 변화가 가해져도 변하상 진줏빛이라고 믿는다.

왜 내 예견은 항상 들어맞고 상황은 보란 듯이 역전되는
가?

엄마는 꿈에 외할머니가 나오면 꼭 나에게 알려준다. 커
다란 나무가 꽃을 휘날리면 외할머니 얘기를 한다. 그때
엄마는 선물 받은 사람의 표정을 하고 있다.

나는 선물하는 사람이고 선물하기 위해 수집하는 사람이
다. 친구들에게 물건을 많이 준다. 엄마는 가끔 어떤 물건
을 물려주며 유품이라는 표현을 당겨썼다.

유년이 완성해 준 삶이 무르익어 퇴행을 거듭한다. 어쩌
면 이제 남은 건 기도하는 일뿐일지도 모른다. 나를 스쳐
간 친구들이 다른 이름과 얼굴을 하고 되돌아온다. 나를
스쳐 간 시간들이 다른 제목으로 되감긴다. 그러므로 나
는 억지로 상기하거나 되감을 필요가 없고 내가 섬에 있
든 구름 위에 있든 모든 것은 어김없이 돌아온다.

간혹 지난 일들이 내 등을 두드린다. 지난 얼굴들이, 거울

지 않고 유지되는 위상(topology)이 있다. 즉, 카프카가 자신의 글쓰기와 맺은 관계는 독특한 위상에 도달했다. (하지만 위상은 항상 이미 결정되어 있다) 가진 패를 모두 보여줄 것. 패를 까발려도 결과는 동일하다. 게임의 눈은 이미 모든 것을 보고 있었기 때문이다.

토포스(topos)는 공간, 장소고 유토피아는 비-공간(ou-topos)이다. 그래서 유토피아는 공간이 아니라 시간 속에, 즉 '아직'이라는 부사가 가리키는 곳에 존재한다. 유토피아는 가상에 불과한데 왜냐하면 오로지 가능성에만 의존하기 때문이다. 아토피아(atopia)도 비-공간(a-topos)이다. (그리스어에서 비정상적인 것, 이상한 것, 낯선 것을 의미한다) 그럼에도 아토피아는 실재하는데, 다만 있어야 할 자리에 있지 않을 뿐이다. 자아 이미지는 하나의 아토피아다. 원래 공간을 벗어나 자신이 속하지 않은 공간에 터전을 마련하고 적응한다. 적응이 이뤄지고 나면 아토피아, 아토포스와 토포스는 구분이 되지 않는다.

아토피는 평상시 같으면 무해한 대상이나 물질에 예민하게 반응하는 면역 과잉 현상을 뜻한다. 마찬가지로 모두가 자아 이미지를 가지진 않는다. 보통 나는 그저 나로 살아간다. 아마도 자아 이미지는 죽음으로부터 나의 정신을 지켜내기 위해 만들어진 과잉 반응, 혹은 과장일 것이다. 자아 이미지는 죽었음에도 산 척하고 살아있음에도 죽은 척한다. 이것이 그의 비정상성이다. 따라서 쉽사리 그를 유령이라고 불러서는 안 된다. 왜냐하면 역으로 그의 눈에는 내가 곧 유령으로 비칠 테니 말이다. 정당한 왕위 계승을 주장

속의 무한한 거울처럼 중첩되어 내 이름을 부른다. 식은
땀이 흐르고, 멈추고, 멈춰 있는다.

이제 과거는 시제에 불과하다.
지금, 과거를 보관하는 중이다.

하기 위해 난립하는 상호모순된 주장들처럼, 자아 이미지와 나는 역설적으로 때로 의견의 일치(둘의 동시적인 사망 판정)에 이른다. 자아 이미지는 의학적으로, 심지어 정신의학적으로도 치유되지 않는 항구적 가려움이다. 물론 가려움을 느끼지 않게 만들 수는 있겠지만 그렇다고 가려움이 사라지는 것은 아니다. 내 신체, 정신의 일부분 중 누군가는 그 가려움을 떠맡아야 한다.

내가 정신의학적 도움을 받을 때, 심지어 도움을 체감했을 때조차, 나는 해소되지 않은 잔여를 감지했다. 예를 들어 '나는 죽는다.'라는 명제가 나를 불편하게 만들었고 의학의 도움으로 불편을 느끼지 않게 되었다고 해보자. 그럼에도 내가 죽는다는 사실에는 변함이 없었다. 당연하게 들리겠지만. 나는 정신의학적 치료가 내 정신 속의 해로운 명제들을 제거하거나 무화시키길 바랐다. 그러나 그것들은 꿈쩍도 하지 않았고 나는 그들이 여전히 발산하는 존재감을 지울 수 없었다. 불편은 사라져도 불쾌감은 사라지지 않는다. 무슨 수를 써도 이 명제들이 숨기고 있는 날카로운 송곳니를 뽑아버릴 수는 없다.

카오스에 연루되어 우리가 너무 늦게 죽는다는 것은 사실이다. 그러나 그 사실로 인해, 우리는 죽어가는 것을 그만두지 않으며, 그 사실로 인해, 언제나 너무 늦을 수밖에 없는 시간에서 벗어나 우리는, 회귀하는 카오스와의 관계 이외에 어떠한 관계도 없이, 때맞지 않은 죽음을 견디도록 권

그러면 지금껏 이야기 나눈 너는.

유발게 된다.[16]

나는 어떻게 내가 결국 거기에 이르게 되었는지 알 수 없지만, 이럴 수 있다. 내가, 사유와 거리를 유지하게 만드는 사유에 이르게 된 것일 수 있다. 왜냐하면 사유는 그것을, 즉 거리를 가져오기 때문이다. 그러나 (끝에서의, 가장자리에서의 이 사유의 형태로) 사유의 끝으로 간다는 것, 그것은 오직 사유를 변형시킴으로써만 가능하지 않은가? 그로부터 이러한 명령이 내려온다. 사유를 변형시키지 말 것, 네가 할 수 있다면 사유를 반복할 것.[17]

그는 자신에게 이렇게 말하곤 했다. 너는 네 자신을 죽일 수 없을 거야. 네 자살은 너보다 앞서갈 거야. 또는 그가 죽음에 부적격하게 된 채 죽어갈 거야.[18]

우리가 (너무 늦게) 죽어간다는 사실은 우리가 이미 죽어있음을 알려준다. 죽은 상태이기 때문에 죽음을 견디도록 내몰리는 것이다. 사유와 거리를 유지하는 사유. 죽음은 원래 거리를 발생시킨다. 이미 도래한 죽음을 목격한 순간, 끝에 관한 사유가 아니라 사유의 끝이 시작된다. 왜 이러한 사유를 반복해야만 하는가? 존재의 순수한 리듬이 먼저 스스로를 반복하고 있기 때문일 것이다. 사

16 모리스 블랑쇼, 『카오스의 글쓰기』, 박준상 역, 그린비, 2012, p.26.
17 위의 책, p.28.
18 같은 곳.

우울(depression)은 지리학에서 움푹 파인 지형, 즉 요함
지를 의미한다. 우울을 볼 때 완만하게 꺼진 땅과 그곳에
고인 물웅덩이를 생각한다. 폭포수는 절벽 아래 돌을 깎
아서 심한 우울(deep depression)을 만든다고 한다. 싱크
홀. 나마. 마르. 카스트. 취식와지. 이들이 생겨나는 서로
다른 맥락과 나로서는 무한히 길게 느껴지는 시간들이
있다. 나는 그 시간의 일부를 빌려 쓴다.

나의 이름만이 나의 제목이 된다. 제목으로 내용이 알려
지지 않기 때문에 안도하는 것이다.

내가 다정함을 느끼는 존재들은 바다보다 호수를 닮았
다. 엄마는 커다란 폭의 치마로 호수에 들어가 보름달을
품었다. 나도 같은 꿈을 생생하게 꿨다고 믿는다. 엄마와
같은 마음을 짐작하며 호수 안으로 걸어 들어간다. 달이
비치지 않고, 따라서 중심을 알 길이 없고, 수심에만 집중
한다. 한 걸음만 더 가면 고개가 잠기는데, 비로소 다정한
마음이 든다. 아가미가 생길 거라고 믿고 숨을 참아 본다.
나는 필요에 의해서 달라진다. 당신은 내 숨이 막히는 일
을, 폐에 물이 차는 일을 허용하지 않는다. 내가 마지막
숨을 들이켤 때, 감기는 눈을 뜨기 위해 전체가 요구될

유를 그 리듬에 맞추거나 아니거나, 두 가지의 선택지만 있다. 그래서 "할 수 있다면" 사유를 반복해야 한다. 적어도 당신이 (비록 죽어 있음에도 불구하고) 여전히 살아 있다면 말이다.

블랑쇼는 이 존재의 리듬을, 그 반복을 글쓰기와 연결시킨다. 글쓰기는 반복을 목표로 할 때만 글쓰기 바깥에 도달할 수 있다. 카오스, 즉 우주적 질서 바깥의 존재론적 차원은 "반복, 즉 극단의 단수성에 대한 긍정"을 의미한다. 들뢰즈가 즐겨 사용하는 주사위 놀이의 예를 들면, 나는 주사위 던지기를 반복하지만 오직 지금 던지는 주사위만 긍정된다. 각 주사위의 상승과 하강, 그리고 구르기와 정지는 단수적 사건이며, 앞서고 이어지는 사건과 묶이기를 거부한다.

또한 글쓰기는 주체의 지워짐, 소진을 전제한다. '나'가 없다면 글쓰기를 통해 반복하는 자는 누구인가? 다시 주사위 놀이를 생각해보면 주사위를 던질 때 우리의 시선은 주사위를 던지는 사람에게 가지 않고 오로지 조그마한 주사위의 주변을 맴돈다. 놀이에는 순서, 차례가 있고 우리는 이름 대신 번호를 부여받는다. (만약 주체가 꼭 있어야 한다면) 주사위 놀이의 유일한 주체는 주사위다. 마찬가지로 글쓰기가 글쓰기를 반복한다. 이때 반복되는 것은 정해진 통사구조나 어휘가 아니라 문제, 물음, 이념, 나아가서 정념이다. 한 권의 책 안에는 같은 문제가 곳곳에서 다른 얼굴을 하고 있다. 이 문제, 물음에 답하고자 하는 순간 반복이, 그러니까 글쓰기가 중지된다. 자신이 문제를 이겼노라고 자신하는 허황한 주체가 등장한다. 문제를 없애면 놀이마저 폐기된다.

때, 초점을 최대한 잃지 않기 위한 노력이, 이미 시작되었다. 내가 손힘을 잃어감에 따라, 당신은 점차 만질 수 있는 대상에서 하나의 장면으로 환원된다. 장면은 항상 보는 이를 안으로 초대하고 그 장면의 일부가 되어볼 것을 권유한다. 이것은 불가능한 요구다. 장면의 부분을 차지하기 위해서는 나를 폐기해야 하기 때문이다. 나는 기꺼이 폐기된다.

공포를 극복하기 위해 동일한 후렴을 반복해서 부른다. 나는 그 음악을 계속 들어줄 수 있다. 이 문장을 주고 싶은 사람이 있다.

지금까지의 모든 일이 저 문장을 적기 위해 일어났다고 가정한다. 이 문장은 주지 않기로 한다. 겨울의 횃불이, 여름의 선선한 그늘이 되어주겠다고 말하지 않기로 한다. 문장을 주지 않는다.

최초의 기억은 매일 새롭게 프로그래밍 되어, 주어진 아침만을 정당한 시작으로 간주할 수 있다. 보이지 않던 것들이 보인다. 이를테면 책상 위에 올라간 사물들의 배열, 정렬, 행과 열.

자아를 소진시키기 '위해서' 글을 쓴다는 것은 어색하다. 하나의 사실이 있고 그것이 전제하는 바가 있을 때, 사실은 전제를 목표로 삼지 않는다. 사실에 이미 전제가 묻어 있다. 글쓰기가 자아의 소진을 전제한다면, 글쓰기의 반복은 이 전제에 계속 호흡을 불어넣는 유일한 방법이 될 것이다. 블랑쇼는 레비나스의 영향으로 오로지 타자를 경유해서만, 혹은 타자가 나를 경유해 갈 때만 자아의 동일성이 작동을 멈춘다고 이야기한다. 이때 타자는 확실히 내 바깥에 있는 존재다.

하지만 들뢰즈는 이미 내가 내 안에서 균열되어 있을 가능성을, 타자를 경유하지 않고도 자명히 드러나는 '나 자신의 타자성'을 제시하고 있지 않은가? 내가 나의 자아 이미지를 '그'라고 부르는 이유도 여기에 있다. 자아 이미지는 내 안의 타자고 내가 혼자 떠맡은, 누구도 도움을 줄 수 없는 문제다. 나와 그 사이에는 우정도, 관계도, 공동체도 성립되지 않는다. 철저한 단절, 일방적인 비아냥거림만 있다. 나는 그를 죽이려고 했다. 그럴 만한 이유가 있었지만 실패는 예견되어 있었다.

블랑쇼가 인용한 보나벤투라: "무 속에서 나 자신과 함께 나를 본다. 시간과 함께 모든 다양한 것이 사라져 갔고, 거대하고 무서운 영원히 공허한 권태만이 군림했다. 나 밖에서 나는 나를 무화시키려 했지만, 나는 남아 있었고, 나 자신을 죽지 않을 자로 느꼈다."[19] 죽지 않을 자는 영생을 얻은 자가 아니다. 차라리 죽여야 하지만 결코 죽일 수 없는 자일 것이다. 무화시키려는 노력을 가볍게 피해 가

---

19 모리스 블랑쇼, 앞의 책, p.72.

그리드.
그리들.

그리드(grid)의 어원은 그리들(griddle), 즉 요리용 철판이나 보조 주철 따위와 관련 있다. 차가운 수평과 수직의 수학적 세계가 실은 어떤 열기로부터, 고대의 주방으로부터 왔다.

그리들이 그리드가 되었듯이 그리드도 다시 그리들이 될 수 있고 그리드 위에 놓인 그리들마저 쉽게 상상할 수 있다. 물론 나는 어원학에 기대는 철학을 신뢰하지 않는다.

보이지 않던 것을 보는 일은 숨어 있던 그리드를 세계와 그 일상에 겹쳐 보는 일과 같다. 어긋난 사물들을 내버려두는 아름다움도 있겠지만 나는 뒤늦은 나이에 질서의 매력을 알게 되었다. 쓰지 않는 전선을 둥글게 말아두기. 쇠붙이는 쇠붙이끼리. 지류는 지류끼리. 분류하고 솎아내고 자리의 이탈을 주시하기.

나의 이탈은 누가 주시하는가?

는 잔여물, 그것이 내 안의 '그'다. 그와 나 사이에는 앞서 말했듯 관계가 성립하지 않기 때문에 나는 그를 사랑할 수도, 증오할 수도 없다. 그와 나는 인간적 관계를 실패한다. 그렇기에 자신과 문제를 겪는 사람에게 자기애나 자존감의 장착을 권유하는 것은 잘못된 처방이다.

어떤 반복만이 승리한다. 말라르메는 반복되는 존재의 리듬에 대한 "정확한 계산"이 필요하다고 얘기했다. 시인은 개념과 언어에 일정 부분 의존하지만 결국 개념에 저항한다. 시인, 또는 시인에 가까운 철학자들은 반-개념적 차원의 문을 두드리는 데 반해 칸트나 맥도웰은 왜 그토록 개념적 세계에 몰두하는가? 사유의 규범성, 즉 책임소재 때문이다. 우리는 우리가 생각하고 말하는 바에 대해 책임질 수 있고, 그렇게 할 수 있어야만 한다. 모든 사유와 말에는 '왜?'라는 물음이 제기될 수 있다. 누구든지 어떤 말에 대해 이유를 물을 자격, 권한을 가지고 있기 때문이다. 셀라스, 맥도웰이 말하는 '이성의 논리적 공간'이란 바로 이런 권한을 가진 인격체들의 공동체를 뜻한다. 이 권한으로부터 자유와 책임이 발생하고 인간이 동물의 차원을 넘어서 이성적 존재자라고 말할 수 있는 근거가 성립된다. 나는 글을 쓰는 내내 들뢰즈의 편에서 사유했다. 그래서 지금 맥도웰이라는 적의 이야기를 들어보려고 한다.

인간은 어떻게 동물의 차원을 넘어섰는가? 이런 생각은 플라톤적인 초자연적인 요소를 끌어들이지 않는가? 맥도웰은 아리스토텔레스의 '제2 자연' 혹은 '제2 본성' 개념으로 이를 해명한다. 인간의 이성적 능력이 마치 자연본성처럼 우리 안에 이미 자리 잡았다

친구들이 크게 웃었다. 하나의 문장으로 책 전체를 소설로 만드는 일을 상상한다. 물론 한 문장이 전체여서는 안 된다. 소설적이지 않은 문장들의 탑을 떠받치는 작은 문장 하나. 심지어 그 스스로도 문학이 가미되지 않은.

친구들이 앞으로 뛰어갔고, 곧 어둠 속으로 사라진 발자취 소리만 울렸다. 그리고 의식의 초점이 나에게 이동함에 따라 커지는 심박 소리. 그들이 친구들이 아니었다면 나도 함께 뛰었을 것이다. 나는 반드시 친구의 이야기를 듣는다. 그들은 알아들을 수 없는 말을 한다.

눈에 띄지 않는 곳까지 면밀히 청소하는 일이 가장 만족스럽다. 책장의 책을 다시 분류해 꽂았고 더 이상 빨래를 쌓아두지 않으며 모든 사물이 조경적인 관심을 요구한다. 물대신 눈길을 자주 주는 일만으로 족하다. 결국 누군가를 입양할 수 있는 자격을 획득하는 와중이라고 하자. 실제로 그를 입양하지 않더라도 말이다.

다시 문 앞에 아침이 있다. 가까운 미래에 일어나게 될 일을 속으로 나열해 본다. 무엇보다 커피를 직접 내려 마시게 될 것이다. 그 무엇보다 요리를 하게 되고 지출을 관리는 것이다. 그것은 자연에 낯선 능력이 아니며 자연사의 일부다. 흥미롭게도 맥도웰은 한 주석에서 프로이트를 언급하며 그가 발견한 무의식이 인간이 겪은 진화의 잔여물(residue)이라고 덧붙이고 있다.[20] 비록 인간은 제2 자연을 획득하여 이성적 존재로 거듭났지만 그럼에도 여전히 인간 사유 내에 동물적 흔적(제1 자연)이 남아 있다는 것이다. 이 흔적을 파고들 때 우리는 앞서 말한 반-개념적 차원에 도달한다.

맥도웰은 이에 대해 이렇게 말할 것이다. 우리는 우리 안의 동물적 흔적을 '길들일' 수 있을 정도로 충분한 개념적 자원을 갖추게 되었다고 말이다. 그의 요점은 다음과 같은 예시에서 잘 드러난다. 누군가 상대에게 해를 입히고 나서 이 행위의 책임을 자신의 무의식에 돌리려고 한다면 결코 공동체 내에서, 특히 법정 내에서 받아들여지지 않을 것이다. 규범적 차원에서 인간의 동물적 흔적에 그 어떤 실질적 역할도 부여할 수 없다. 부여하는 순간 규범적 차원이 무너진다.

어떤 철학은 이런 일(동물적 흔적에 대한 역할 부여)을 감행한다. 그런데 맥도웰은 물을 것이다. 당신에게 규범적 차원을 무너뜨릴 권한이 있는가? 당신은 이미 규범적 공동체 안에서 나고 자랐고 거기서 사유하고 말하고 있다. 당신의 배경을 제거하면 당신이 하는 말의 효력도 희미해진다. 당신은 말하고 있지 않은가? 그 효력을 주장하고 있지 않은가? 그런데 어떻게 자기모순을 범하지 않고 효력의 배경을 제거할 수 있는가?

20 John Mcdowell, *Mind and World*, Cambridge, MA: Harvard University, 1994, p.183.

하며 채소를 지속적으로 내게 공급한다. 아직 오지 않았지만 확실히 당도했다고 느낀다면, 나는 그것을 현재의 사실로 떠벌려도 괜찮지 않은가?

사람들 앞에서 넋두리와 푸념을 길게 늘어놓다가 문득 정신을 차리고 자성의 침묵에 빠지는 어른. 그런 어른이 된 나를 그리면 마음이 놓인다. 그런 어른을 한 사람 알고 있다. 그는 확실히 나보다 많은 시간을 지나와 먼발치에서 기다린다. 나이의 문제라기보다 주어진 시간의 겹을 차곡차곡 쌓아두는 일과 같다. 모두가 그렇게 하진 않는다.

내가 얼마나 달라졌는지 안다. 이전의 나와 닮은 구석을 찾으려면 얼마든지 찾을 수 있지만 그것은 억지에 가깝고, 차라리 차이에 경탄하고 차이를 더욱 낯설어하는 연습이 필요하다. 그러니까 지난 나날과 거기 동승했던 나 자신을 모조리 유년의 기억에 보관하는 것이다. 나의 그리드는 이러한 용도로 쓰인다. 그밖에 다른 용도도 개발하고 있다.

이미지는 점으로 무한히 수축할 수 없다. 가득 구겨 압축해도 다시 부풀어 오른다. 이미지들이 조각조각 모여 패

하이데거가 지적한 것처럼 홀로 있음, 고독은 이미 다수의 곁에 있음을 전제한다고 하더라도, 또는 비트겐슈타인이 말한 사적언어의 불가능성이 공적 언어의 편재성을 드러낸다고 하더라도, 나는 여전히 그 다수의 곁을 떠날 수 있다. 개체성은 공동성을 전제하지만 그 역도 성립한다. (서로가 서로를 전제하는 일이 가능한가?) 부분과 전체의 관계는 상호적이다. 따라서 공동체로부터 개인으로 움직이는 하향식 이해는 편향되어 있다.

나는 오로지 나에 관해 이야기하길 원한다. 내가 나와 맺는 내재적 관계, 라이프니츠의 모나드가 소지한 자기 관계를 이야기하고자 한다. 이때 내가 가져온 법정의 예시, 상해와 책임의 예시는 다소 공허해진다. 이야기는 동물들 사이의 다툼에서 단 하나의 무해한 동물에 관한 이야기로 옮겨간다. 그는 자기 자신만을 상대한다. 고통 없는 자해가 있을지언정 상해는 없다. 밖에서 안으로, 이미지에서 점으로.

이분법이 항상 잘못된 것은 아니다. 하지만 규범과 자연, 이성과 자연의 이분법은 잘못되었다. 규범에 자연을 길들이는 것(맥도웰, 헤겔)과 이성을 자연에 환원하는 것(자연주의)은 동시에 그릇되었는데 한쪽은 법정에 모든 인간과 동물을 불러 모으고 다른 쪽은 야생에 모두를 풀어헤친다. 양쪽 다 어떤 공포에 사로잡혀있다. 이성의 입장에서 자연이 낯설고 자연의 입장에서 이성이 낯선 것이다. "어떻게 자연의 세계 안에 '이성' 같은 것이 존재할 수 있는가? 분명 이성도 잘 따져보면 자연의 일부분일 것이다." 공포는 정당해 보이지만 전혀 합당하지 않은 결론을 도출한다. 공포는 오해와 전

치워크를 이루고 나는 오로지 삶을 온전한 전체로 보아야 한다. 물론 삶은 찰나다. 그래도 계절 하나는 차지할 만하다.

"상처는 사물이나 삶의 상태로 구현되거나 실현된다. 하지만 이것은 그 자체로 우리를 삶으로 인도하는 내재성의 장 위의 순수한 잠재성이다. 내 상처는 나에 앞서 존재했다."

나는 자기 자신을 사랑하는 일이 불가능하거나 부자연스럽다고 생각한다. 사랑은 받는 것이다. 사랑은 대상을 향하고 나는 나를 객관적으로 대상화할 수 없다. 마찬가지로 나를 증오할 수도 없다. 그래서 자기증오나 자기애는 실제 사랑과 달리 은유에 머문다. 나는 마치 내가 남인 양 나를 증오하거나 사랑할 수 있을지라도 이는 문자 그대로를 의미하지 않는다. 어떤 은유는 실제를 밀어낼 정도로 강력하지만, 그렇게 나의 의식을 지배하기도 하지만, 더 강력한 은유를 만들어 대체하면 된다. 나를 도와줄 은유 시인들이 있다. 이 사실은 확실하므로 내가 그들에게 어떻게 보답할지만 생각하면 된다. 생각하면 된다.

쟁을 낳고 오해와 원한은 전쟁을 유지시키기 위한 객관적 사실, 진리로 변질된다. 서로의 공포는 정확히 동시에 발생한다.

칸트의 이율배반을 보면 인과주의적 우주론과 자유의지론이 대립한다. 그가 제시하는 초월적 관념론이라는 대안의 불만족스러움을 따지기도 전에, 나는 규범과 자연의 도식, 나아가서 이유와 원인의 도식 자체에 의문을 품는다. 이유(reason)는 이성적 자유를 대변하고 원인은 무한한 인과의 사슬, 결정론을 함축한다. 인과론은 자연을 바라보는 하나의 수단이며 이 바라봄은 인간적 관점을 전제한다. 그러니까 자유의지론이 우주론에 대해 느끼는 공포는 인간이 인간 스스로에게 느끼는 두려움이다. 이율배반 자체가 하나의 인간주의적 가상이다. 이런 질문은 어떠한가. 자연은 자연을 스스로 바라보는가? 만일 그렇다면 언제, 어떻게 바라보는가? 여기 답하기 위해서는 '자연'이라는 임의적 총체를 뒤로 하고 하나의 동물, 하나의 숲, 하나의 날씨를 보아야 한다. 예를 들면 카멜레온의 피부가 어떻게 열대림을 응시하는지, 그의 섬세하게 조직된 폐가 어떻게 습기를 응시하는지 보아야 한다. 이런 관찰은 우리가 몰래 가지고 들어간 관점, 렌즈를 내려놓게 만들며, 우리 스스로 동물이 될 때 자연은 자신의 파편을 우리 앞에 내놓는다. 물론 조각들을 맞춰 퍼즐을 완성하는 것은 불가능하다. 파편들은 각자가 속했던 전체를 지시해 준다.

내가 이 글쓰기에서 얻은 긍정은 내가 가진 유일한 패에 대한 사랑과 같다. 딜러는 영원히 잠들어 있고 내 손 안에 다른 패가 없고 스터드 게임에서 패를 바꿀 수도 없다. 유일한 패를 내놓을 때 패

에토스와 파토스, 논리와 정념의 구분은 이분법이 아니다. 나는 모든 현상을 논리와 정념으로 나누지 않는다. 그저 때로 논리적인 태도를 취하고, 때로 정념에 취해 세상을 바라본다. 물론 글쓰기 같은 것을 생각할 때, 과연 글쓰기가 논리의 일인지 정념의 일인지 따지곤 한다. 모든 글쓰기를 논리와 정념으로 나누지 않는다. 경향과 습관, 정도의 차이를 논할 뿐이다. 간조가 있고 만조가 있다. 갯벌의 조류와 수위를 결정하는 것은 달의 인력이다. 달의 모양에 따라서 갯벌의 운동이 달라진다.

그믐달에는 갯벌도 멈추어 잠드는가?

물론 그믐달(old moon)은 감은 눈만큼 얇게 처음에 빛나다가 점차 육안으로 식별할 수 없게 된다. 그것은 여명 속으로 사라져 과거가 된다. 나는 종종 황혼과 새벽을 의식적으로 혼동한다. 상대적 시간 감각을 소거하고 나면 두 시간 사이에 차이가 보이지 않는다. 조도나 온도를 포함한 날씨의 기운, 그리고 결정적으로 태양의 고도가 동일하다. 새벽에는 황혼을, 황혼 때는 새벽을 교차시킨다. 두 대각선이 만나는 지점에 내가 있다. 나는 이 상황을 속박의 반대로 이해한다.

배도 승리도 예감할 수 없다. 의미심장한 미소를 짓는다. 내 패는 계속 유일할 것이다. 이것이 나의 문제다. 왜 문제를 반복해야 하는 가? 아니, 문제가 반복된다. 신이 문제를 반복한다. 우리가 문제를 해결하려 매달리든 말든 때가 되면 신은 같은 문제를 다른 형태로 내놓는다. 그저 재미있기 때문일까? '출제자의 관점'을 이야기하는 까닭을 생각해 보라. 출제자는 동일한 세트의 문제를 가지고 있고 그 세트를 매번 반복할 따름이다. 우리는 그것을 간파할 만한 관점을 염원한다. 문제를 풀지 않고 문제가 반복하는 리듬을 포착해야 한다. 다시 익숙한 그 소리가 들려온다.

  이미지는 언제 점이 되는가? 나는 이미지를, 문제를 반복하는 데 실마리가 있다고 믿는다. 프랜시스 베이컨의 그림에 등장하는 인물, 혹은 형상은 항상 점으로 빨려 들어가는 듯한, 소멸과 응축의 과정을 보여준다. 그런데 그 형상이 배경으로 하는 공간과 구조, 사물들은 견고한 질서를 잃어버리지 않는다. 심지어 1973년의 자화상에 나오는 인물이 손목에 찬 시계도 나머지 신체 부분과 다르게 본래 모습을 유지한다. 감각을 잃어야만 획득할 수 있는 감각이 있다. 이미지가 점이 되려면 우선 나는 (내면의) 시각을 잃어야 한다. 시각을 잃고 나면 (그럼에도 활보하는) 내 응시와 맞닿는 어둠 속 표면의 한 점이 중요해진다. 그러니까 이미지가 점으로 수축할 때 사실 그것이 그 자체로 변화를 겪는 것은 아니다. 나는 내 감각이 중언하는 바를 토대로 세계를 구성할 수밖에 없고 시각을 잃은 나의 막막한 응시는 내가 점을 만지고 있다고 알려준다. 직접 시각을 잃는 데는 여러 어려움이 따르므로 나는 이미지에 가까이 다가 우리는 모든 걸 포기했지만 실패만은 포기하지 못했다. 안 함보다 못 함에 가까운 일들이 있다. 못 한다고 믿었는데 안 하고 있었던 일들도 있다. 요즘은 잘 없는 모래 운동장에서 공을 좇아 뛰어다닐 때 간혹 공이 담장을 넘겼고 이웃한 학교 상급생이 무뚝뚝하게 그것을 돌려주곤 했다. 이 모든 일을 지켜보는 창문의 머리들이 있었다. 그럴수록 나는 더 힘차게 달렸고 골대와 골대 사이의 거리를 알지 못했으며 체스판의 직경보다 그 안에서 발생하는 무한한 경우의 수를 사랑했다. 내 친구라면 우리 집에 초대되었을 때 꼭 나랑 체스를 한판 두어야 했다. 그러니까 외로움을 잊어서는 안 된다는 얘기를 하고 싶다.

집에 돌아가는 길은 항상 같다. 그러니까 길의 길이와 굽이의 측면에서. 나는 아직도 돌아가는 길이다. 어떻게 돌아가는 길임을 아는가? 어떻게 아직도 귀향을 마치지 못했음을 아는가? 어떻게 내가 제대로 된 길 위에 있다고 믿으면서도, 귀향의 지연이 잘못된 방향 때문이라고 믿지 않을 수 있는가?

"죽을죄를 지었습니다. 죽을 것 같아서요."
버스에서 엿들은 이야기. 귀를 막았어야 했다. 여기까지

가고 그것을 만져보려고 한다. 그 촉각과 흐릿해진 영상이 내 유일한 감각이 되도록, 이미지와 밀접한 거리를 지켜야 한다.

나처럼 철저히 안으로, 굴속으로 들어가는 일이 하나의 주관에, 의식에 갇히는 것이 아닐지 우려한다. 들뢰즈는 "초월적 장(tran-scendental field)"에 대해 이야기하면서 초월적 장을 주관적 의식으로 정의할 수 없다고 말한다. 초월적 장은 주관과 객관의 구분이 탄생하기 위한 조건이며 거기 선행하는 내재성(immanence) 그 자체다. 따라서 초월적 장은 세계 너머의(transcendent) 것을 가리키지 않고 오히려 철저히 세계 안에 머문다.

또한, 초월적 장은 눈앞의 감각이나 의식에 떠다니는 표상, 즉 주관적, 객관적 '경험'과도 구분되어야 한다. 왜냐하면 초월적 장은 이러한 재현된 경험의 차원에 앞설 뿐만 아니라 그것을 가능하게 하는 조건이기 때문이다. 들뢰즈는 이 초월적 장, 내재성 그 자체가 곧 삶이라고 말한다. 들뢰즈의 삶 개념에서 주관, 객관, 자아, 인격, 의식의 활동 등은 초월적 장이 만들어내는 사후적 효과이며 주관적 의식이 반성을 통해 도달한 개념에 불과하다. 진정으로 존재하는 것은 비인격적인 단수성(singularity)이다. (그는 단수성과 개체성도 구분한다)

그렇다면 나는 지금 의식적으로 반성하고 있는 게 아닌가? 자아 이미지에 관해 얘기할 때 나는 인격적, 의식적 차원에 머물고 있지 않은가? 그것은 내가 아닐뿐더러 나의 이미지도 아니다. (그 누가 자기 자신을 괴롭힐 수 있겠는가?) 자아 이미지를 귀속시킬 인격체가 없다. 물론 오직 나만이 그에 관해 얘기할 수 있다. 그는 내 주변

상상한다. 실례는 내 뜻과 별개로 범해지기도 한다. 그는 어떤 처벌을 원했을까? 카프카의 「법 앞에서」를 생각하면 대성당을 지키는 압도적인 크기의 중세풍 문이 생각난다. 그 이야기에서 문지기와 시골 사람이 나눈 대화는 기억나지 않는다. 그 이야기에서 법 앞의 문이 얼마나 크거나 작은지 알지 못한다. 아마도 문의 크기는 묘사되지 않았을 것이다. 처벌은 법의 일부에 불과하지만 어쨌든 법에 귀속된다. 그런데 왜 나는 항상 사람으로부터 처벌을 받았던가? 아무도 나를 처벌할 수 없다는 생각은 오만하면서도 안전하다. 절대적 안전에 대해 비트겐슈타인이 했던 이야기가 있다. 그것은 세계를 한계 지어진 전체로 바라보는 일과 관련 있었다.

글쎄를 모른다는 말보다 선호해야 하는 나이가 되었다. 내가 글쎄를 말할 때 정확히 무엇을 모르겠는지 모르겠다. 나는 그에게 몰라도 된다고, 모르도록 하자고 말했다. 모를래. 그래, 그렇게 하자.

밤하늘을 날았다. 볼을 스치는 바람의 속도가 생경했다. 그것이 몰아치면 자동차 밖으로 얼굴을 내민 소년처럼 숨이 차기도 했다. 아래를 보면 내 생물학적 한계로 가늠할

만 맴돈다. 이는 그가 이동할 수 있는 거리, 그리고 그가 넘어설 수 없는 경계와 상관있다. 그와 나 모두 얼떨결에 같은 시공간에 갇힌 걸지도 모르겠다. 나로서 자아 이미지를 의식적 차원에서 일부러 불러낼 이유가 없다. 나아가서 외부 대상으로부터 그를 읽어낼 이유는 더욱 없다. 나는 촉발되고 강요된다. 따끔거리는 상처, 이따금 나도 모르게 살펴보게 만드는 징후. 무엇의 징후일까? 징후의 배경과 내 개인적 서사를 엮으려는 시도는 허탈한 결과를 낳을 게 뻔하다. 왜냐하면 어떤 방식으로든 말이 되게 만들 수 있기 때문이다. 두 가문이 서로의 자식을 결혼시키려고 할 때 만들어낼 수 있는 명분, 그리고 당사자에게 강요할 법한 날조된 궁합과 운명의 잔치. 자아 이미지를 개념에 매개시키려고 할 때 그의 저항이 가장 거세다. 개념에 매개된다는 것은 문장이 될 준비를, 주어의 자리를 물려받을 준비를 마친다는 것이다. 그러나 자아 이미지는 존재하지 않고 무엇보다 '둥근 사각형'에 관해 얘기하는 것과 마찬가지로 별 의미가 없다.

"당신의 자아 이미지를 한 문장으로 표현해 보시오."

나는 난처해하며 답한다.

"가능할까요?"

문장으로 전달이야 해볼 수 있겠지만, 전달 과정에서 일부 소실되는 게 아니라 전혀 다른 것이 전달된다.

사유의 저편에 낱말들이 떠다닌다. 자아 이미지는 이 낱말 중 일부가 일시적으로 엉겨 붙어 형성한, 그러나 문장은 되지 못한 군집체다. 정의와 설명을 제거한, 낱말뿐인 사전. 낱말들은 나와 관련 수 없는 높이가 아득했고, 공포감이 내 날개를 절실하게 퍼덕였다. 철새는 날아서 수십 킬로미터를 이동한다. 그만치 먼 여정은 수많은 어둠을 동반할 테고, 특히 동트기 전 캄캄한 밤바다 위를 지나는 기분이 궁금하다. 목표로 한 곳에 도착해 나무에서 쉼을 청하는 철새의 눈을 바라본다.

그는 어떤 불가능한 자연을 증언하고 있는가? 그가 본 장면을 비슷하게라도 재현하려면 우리에게 어떠한 재능이 요구되는가?

과거 시제에 머물렀던 문장들이 하나둘 현재에 도달한다. 현재에 도달한다는 것은 과거를 무시하는 게 아니고 오히려 과거로 무한히, 매 순간 미끄러지는 현재를 멀리서, 그러나 똑바로 바라보는 것이다. 그 광경에는 현재와 과거를 잇는 폭포수, 그리고 대과거가 모인 호수가 모두 포함된다. 모두 포함시키는 것이다. 집합을 열어두는 것이다. 무한한.

여백과 빈출한 차림이 전혀 두렵지 않다.

이 없다. 그래서 징후의 배경은 내 서사가 아니다. 사유의 저편을 체로 거르면 낱말들이 남고 그 낱말들은 다른 자아가 소유한 낱말들과 분명 차이가 있을 것이다. 그 차이가 전부다. 낱말들이 나에 관해 이야기해 주는 것은 없다. 사유의 저편에 낱말들이 떠다닌다는 사실, 어떻게 알 수 있었는가? 언어는 사유 저편, 즉 무의식까지 뻗쳐 있다. 왜냐하면 우리가 아는 단어를 모두 늘어놓는 일이란 영원한 시간이 주어진다고 해도 불가능하며, 그렇게 나열한 단어는 언제나 우리가 실제로 사용하고 있는 언어 전체에 못 미치기 때문이다. 의식은 언어를 모두 담기에는 한없이 모자라서, 우리는 사유 저편을 상정해야만 한다. 둘째로, 문장 혹은 판단이 성립되려면 단어와 단어, 개념과 개념이 논리적 형식 아래에 통일되어야 하고 이를 위해서 능동적인 종합이 요구된다. 능동적 종합은 통일된 자기의식, '나'를 전제한다. 셋째, 사유의 저편은 이 자기의식의 바깥을 의미하며, 통일하는 자기의식이 부재하는 바깥에서는 능동적 종합이 불가능하고 따라서 개념적 판단도 이뤄질 수 없다. 마지막으로 언어에서 판단을 소거하고 나면 남는 것은 단어들(혹은 음소들)뿐이다.

"글쓰기는 모두 쓰레기다. 자기 정신에서 일어나는 것을 정의하기(define) 위해 불분명한 세계(the realm of the obscure)를 떠나는 사람은 모조리 쓰레기다."[21]

사과를 정의해보라. 사과가 내포하는 의미가 도달하는 지점, 그리고 도달해서 움직임을 멈추는 지점을 표시하는 일. 그렇게 한 단

---

21 Antonin Artaud, *Collected Works*(Vol. 1), Translated by J.Corti, Calder & Boyars, 1968, p.75.

모든 글쓰기와 서사는 사유 속에서 일어나지만 항상 사유에 '관한' 것은 아니다. 사유에 관해 쓰기 또는 사유를 쓰기는 정신의 운동과 리듬을 따라 그리는 일이다. 리듬을 구성하는 음의 연속을 고찰해 보면, 한 음과 다음 음의 관계는 인과관계가 아님을 알 수 있다. 이를테면 각 음의 발현은 피아노 연주자가 건반을 두드린 개별 결과일 뿐, 앞 음이 원인이 되어 뒤 음이 발생하는 것은 아니다.

모리스 블랑쇼의 『그날의 광기』, 클라리시 리스펙토르의 『아구아 비바』, 카프카의 단상들, 그리고 모든 비트겐슈타인. 이 글쓰기들은 공통적으로 정해진 결말을 향하지 않고, 고유한 사유를 잘게 나눠 그 단면을 보여준다. 단면과 단면은 식빵 조각처럼 서로 닮았지만 동시에 둘 사이에는 철저한 단절이 있다. 그럼에도 두 단면을 이어주는 게 있다면, 그것을 나누는 규칙의 적용. 가령, 빵의, 두께. 그리고 단면들을 다시 이어 붙였을 때 맞닿는 부위의 친밀감. 나는 이러한 글쓰기를 추상 서사라고 부른다.

문장 P에서 Q로 이동할 때, P는 Q의 원인이 아니지만 그럼에도 Q를 촉발하는 매개가 된다. 촉발은 논리에 비약을 가져온다. 논리'의' 비약과 달리 논리'적' 비약은 그 안

어가 다른 단어와 영역상 구분된다. 정의하기는 공간적이다. 땅따 먹기다. 내가 만일 여태까지 상대적으로 '분명한' 말들로 내 정신에서 일어나는 일을 정의하고자 했다면, 나는 어떤 공간을, 영토를 획득하였는가?

변론하자면, 내 목표는 이러했다. 영토를 획득하기가 아니라 케케 묵은 (철학의) 영주들을 내쫓기. 동일성의 영토, 규범과 자연을 이분하는 영토 등을 (들뢰즈의 힘으로) 내쫓아야 했다. 불분명한 세계에 머물기란 쉬운 일이 아니다. 그곳에 머물면서 시를 쓰거나 추상화를 그리는 게 아니라 철학적으로 사유하는 것은 더욱 어렵다. 특히 자아 이미지와 관련한 나의 경험을 콕 집어 말할 수 없었다. 그래서 나는 그를 나의 유일한 타자로, 이해할 수 없는 타자로 두었다. 그가 어디에 있는지 묻지 않는다. 그가 어떤 시간을 살고 있는지 물어야 한다.

어쩌면 나는 너무 안전한지 모르고, 그것이 나를 불안하게 만드는 듯하다. 나만을 위한, 오로지 나로부터 비롯된 영혼론이 필요하다. 오늘도 그 이미지가 떠올랐다. 알 수 없는 통증이 귀를 찌를 때처럼 나는 움찔했다. 맞는 말, 맞는 생각만 하면 사유가 오히려 멈추며, 멈춘 틈을 탄 이미지가 들어온다. 그 이미지는 내가 가짜라고 주장한다. 그 이미지는 강렬한 반면, 내가 거울 속에서 보는 나의 형상은 힘이 없다. 물론 그가 나의 유일한 이미지는 아니다. 가령 나는 종종 강을 떠올린다. 어둡고 조용한 강. 그러나 강은 나를 응시하고 있다. 강에게 내 모습이 어떻게 비칠지 걱정하지 않는다. 이 사실은 큰 위안이다. 나는 강 앞에 멈추어 선다. 반대편으로 건에 뼈를 품고 있다. 뼈가 부서져 스스로 지탱할 수 없는 문장은 실패작이지만 논리적 비약은 때로 예기치 못한 아름다움에 도달한다. 추상 서사는 맹목적인 철학 텍스트가 아니기 때문에 결말과 더불어 결론을 지향하지도 않는다. 모든 글쓰기는 글쓰기를 포기하기 위한 얄팍한 수다. 추상 서사로 사유를 온전히 포착하게 되었을 때, 작가의 사유가 글쓰기와 분리되지 않게 되며 사유하는 일만으로 글쓰기의 즐거움을 선취한다. 원인과 결과 사이에는 논리적 비약이 존재하지 않는다. 먹구름과 소나기의 순차적 연결이 자연스럽듯이 말이다.

병을 진단할 수 없는 의사에 관한 이야기를 계획한다. 의술과 병실을 지녔지만 단지 진단을 거부하는 한 사람. 매일 의사 가운을 곱게 다리고 같은 곳으로 출근한다. 환자가 들어오면 면밀히 살피고 내보낸다. 내가 이야기꾼이 아니라는 사실에 더 이상 놀라지 않는다. 계획만 하고 쓰지 못하는 작가의 이야기는 이미 익숙한 것도 같다. 널리 알려졌는가? 들통이 났는가? 그럼에도 쓸 수 없는 작가의 이야기를 쓸 수밖에 없는 작가가 필연적으로 존재할 것이다.

너가는 일에 관해 생각한다. 마음을 먹으면 강은 곧 가라앉는다. 강의 이미지가 떠오를 때 나는 조용한 인간이다. 강의 이미지를 떠올리는 나는 어떤 영혼인가? 영혼은 사적이다. 제3자의 시선은 항상 육체의 벽 앞에 가로막힌다.

누구에게도 당신의 영혼에 관해 묻지 않아야 한다. 영혼은 사적이고 서로 무관하며 각자의 세계 안에 갇혀 있다. 즉, 영혼은 철저히 자기 자신과 관계 맺는다. 어떤 시점부터, 무언가가, 잘못되었을 것이다. 나는 아무것도 특정할 수 없다. 앞선 고통을 다 잊기도 전에 새로운 고통이 찾아온다. 나는 내가 불완전하다고 믿게 된다. 고통을 야기하는 그 이미지가 나 자신이 아님을 안다. 내가 한때 지녔던 몸을 증오한다. 내가 증오하는 몸들은 모두 다른 몸이다. 정말 그럴까? 나는 증오한다. 눈길을 피한다. 악몽은 눈을 감아도 보인다. 내가 지녔던 몸의 감각 따위는 기억나지 않는다. 얼마나 많은 매력적인, 뒤틀린 몸들이 있는가? 어째서 나의 몸은 그들 중 하나가 아닌가? 아니다. 몸의 문제가 아닐 것이다. 그 이미지는 한동안 같은 모습으로 반복되고, 시간이 지나면 또 다른 모습으로 바뀌어 반복되고, 반복된다. 매번 몸이 반복되지만 몸이 아니더라도, 그 이미지가 나를 직접 지목하는 이상, 바뀌는 건 없다.

그러니까 몸이 문제가 아니다. 그 이미지가 나를 가리킨다. 그것은 나를 의미하기도 하는가? 그는 무의미하다. 그 이미지는 자신 안에 나에 관한 모든 것을 품고 있다. 그러나 그 이미지는 내가 아니다. 참으로 이상하다. 수축된 그 이미지를 바깥으로 펼치면 나와 닮았을 것이다. 나도 나를 모르는데, 그가 나를 안다. 그래, 그가 강화도의 택시 안, 무전음이 들린다. 남성의 목소리. 다른 남성의 목소리. 치직. 여성의 목소리. 청력이 나쁜 나는 모두 알아들을 수 없다. 미셸 뷔토르의 책을 떠올린다. 6개월 동안 작가가 미국을 여행하며 만들어진 책으로, 카탈로그 목록, 여러 도시의 이름, 광고 문구, 라디오 수신음 등이 주 내용이다.

나는 미친 사람처럼 우연히 발견한 어느 사물에게 엄격히 요구한다. 퇴색된 방식에 나름의 아름다움이 있지만 충분히 아름답지 못하군. 나는 그 사물이 더 노력해야 했다고 생각한다. 이를 광증으로 해명하지 않으면 나는 진짜 미쳐버릴지도 모른다.

네, 아니. 계속, 계속. 아니, 아니. 계속, 계속, 계속.

눈을 뗄 수 없는 정면의 광경이 나를 붙잡고 뒤를 돌아보려야 돌아볼 수 없다. 과거에게 요구한다. 내 시야의 일부가 되려면 현재에 참여하라. 이 목소리는 엄중한가? 나는 그런 말투와 태도를 존경하던 선생님께 배웠다. 그가 세상을 떠나고 애도하는 마음이 내 안에 각인되었다. 마음의 한 부분이 돌로 굳어 비석이 되고 나는 매일 꽃 한 송

나를 알고 있고 나는 그가 나에 관해 정확히 무엇을 알고 있는지 모르기 때문에 불안하다. 약점 잡힐 짓은 안 했지만, 어쩌면 나의 존재 자체가 나의 유일한 약점일지 모른다. 그 이미지는 내 존재의 진실을 모두 알고 있다. '강박'이라는 말은 과하게 사유하는 '나'에게 모든 책임을 떠넘기는 듯하다. 나는 그 이미지를 사유하고 싶지 않지만 그 이미지를 사유하게 된다. 사유의 능동성이 우습게 들리는 이유는 내 사유가 작은 문턱 하나도 제 발로 넘지 못하기 때문이다.

한 상담가가 말하겠지. "그도 당신의 일부예요. 그를 받아들이세요." 착란과 오해를 조장하지 말아라. 대개 성숙한 동물이 거울을 보고 놀라거나 그저 지나치듯이, 동화는 일어나지 않고 일어날 수도 없다. 물론 나를 다른 역사적 인물들과 동화시키려고 애쓴 적은 있다. 장 주네의 표정을 따라서 지으며, 내가 이를테면 장 주네라는 사실에 위안을 덧붙이고. 그런데 내가 따라 한 것은 그의 정신이나 글쓰기가 아니라 그의 얼굴, 머리통 딱 하나였다. 랭보의 신장을 조사하고 그가 당대 평균에 비해 얼마나 컸는지 알아낸 다음 아무튼 170cm가 안 되는 그의 키가 나보다 크지 않다는 사실에 안도하고. 나를 속이는 일이 진실로 가능해서 효과를 보았다. 그 이미지를 좇아내고 잠시나마 다른 무언가가 될 수 있었다. 그렇게 매번 다른 이미지에 기생했고 오로지 이미지만이 나의 문제였다.

내가 동화된 인물의 사진을 인쇄해서 틈만 나면 지갑에서 꺼내보았다. 그래, 언젠가 베케트의 주름을 탐냈었지. 에밀리 디킨슨이 될 수 있을 듯했고. 그들의 족적을 좇은 건 아니며 단지 머리통을

이 가져간다. 그가 받지 못하므로 도로 가져온다.

"그 사람, 길을 잘 못 건너."

"자동차가 없을 때는?"

"다른 무언가가 닥칠 거라고 생각해."

행복감을 느낄 때 초시계를 꺼내 시간을 재는 사람. 행복감이 가시면 노트에 날짜와 지속 시간을 기록한다. 보통 초 단위로 적힌 숫자 앞에 음수를 표현한 하이픈이 들어간다. 그는 지금 이 행복으로 인해 미래의 행복이 차감되었다고 믿는다. 그는 정확할 뿐 불행한 사람은 아니다. 마치 지금 내리는 비가 종일 오게 될 비의 양을 차감하듯이.

타인의 손동작에서 기술을 읽어내는 사람. 이를테면 버스 기사가 핸들을 다루는 모습이나 손가락 튕기는 소리를 유독 크게 낼 줄 아는 사람 등을 캠코더로 촬영한다. 기술의 영역이 미학과 맞닿아 있다고 이론적으로 믿으면서. 숙련된 기술을 구사하는 신체나 장치의 부위가 독립적 존재로 기능한다고 형이상학적으로 사유하면서. 어떤 학술적 활동이나 저술을 펼치지 않고 오로지 말 없는 흑백 이

옮겨다 내 목에 붙이면 될 일이었다. 영혼이 머리에 있기 때문인가? 그렇다면 이 모든 게 몸의 문제가 아니며 머리통의 문제로 옮겨 가는가? 다른 삶을, 지금과 전혀 다른 삶을, 단 1초라도. 왜 요즘은 이런 일이 일어나지 않는가? 왜 그 이미지만이 지배하는가? 머리통 이식이 효력 없다는 걸 깨달았기 때문이다. 노트에 이런 내용을 쓴 기억이 난다. 이 짓을 계속하다 보면 '진정한 나'를 찾게 될 날이 올 거라고. 나는 그때도 이미 영혼을 생각하고 있었다. 완성된 인격체를 목표로 하지 않았고 내가 만족할 만한 영혼의 그림을 그리려고 했다.

영혼은 말할 줄 모른다. 그는 몇몇 낱말만 품고 있다. 성장이 일찍 멈추었지만 충분히 노련한 인상을 풍긴다. 내가 그를 보아도 그는 나를 똑바로 응시하지 않는데, 왜냐하면 눈을 어디에 둬야 할지 모르기 때문이다. 그런 걸 배운 적 없다. 그의 시야 안에는 항상 내가 있고 내가 그에게 느끼는 익명적인 결속감을 그도 느낄지 모른다. 어째서 하나의 삶을 살아가는데, 하나의 인격체로 족하지 않고, '나'와 더불어 '그'가 있고, 이 모든 문장의 주어가 '나'가 아니라 '우리'가 되어도 좋을 것 같은가? 우리지만, 우리는 집단이 아니고 헤아릴 수 없고, 나는 몰라도 그는 셈법을 벗어나 있고, 항상 노출되어 지목되는 것은 나지만, 배후에 그가 숨겨져 있고, 그리하여 우리가 있다. 그를 제외하고는 아무도 나의 타자가 아니다. 당신도, 내가 알지 못하는 당신도 타자가 아닌데, 왜냐하면 그에 비하면 당신과 나는 이미 축복받았기 때문이다. 언어가 있으니 당신과 나는 안전하고, 나는 나의 영혼 외에는 관심을 가질 수 없기 때문에 당미지에 몰두한다. 그는 고작 스물다섯 살이고 자신의 탐구를 직업적으로 전환해 영상자료원 같은 데서 일할 생각은 추호도 없다. 경제생활의 영위를 위한 장기적 계획을 세울 정도로 충분히 현실성 있는 사람이지만, 진지하게 목표로 삼아 추진하는 것은 오직 자신이 영상을 남기는 방식에 있어서 기술의 경지를 발견하는 일뿐이다. 저렴하게 구매한 캠코더를 다루는 솜씨를 발전시키거나 미장센을 개발하지 않는다. 자신이 기록한 손기술들이 어떤 식으로 아름다움에 도달하는지 최대한 구체적으로 묘사하고자 하며 촬영보다 편집 단계에서 기술을 동원한다. 마치 이일 만이 자신의 의무에 속하고, 의무를 다함으로써만 정상적인 삶을 영위할 수 있다고 믿는 사람처럼.

필경사 바틀비 이후의 할 수 없음에 관한 글쓰기는 모두 소진되었는가? 하지만 여전히 무능을 경유해야만 도달할 수 있는 역량의 이야기가 있다. 무능을 극복하지 않고 내버려둘 것. 그리고 그것을 전략적으로 실천할 것.

10년의 시간 동안 온갖 작가들의 글이 내 쪽으로 범람했고 나는 아직도 어느 하나를 제대로 따르지 못하고 있다. 글을 시작하는 단계에서 누군가에게 그 사실을 누설해서

신은 나의 타자가 아니다.

　자, 이제 영혼 '그'가 있고, 이것과 구분되는 '그 이미지'가 있다. 둘 다 사유의 저편에 존재한다. 그 이미지와 달리 영혼은 이쪽으로 쉽게 넘어오지 않는다. 영혼은 불쾌한 감각을 촉발하는 일도 없고 자기 자신을 괜히 주장하지도 않는다. 영혼은 그 이미지와 다르게 나에 관해 아무것도 모른다. 그 이미지를 의식적으로 제거할 수는 없다. 나는 영혼만 사유하고 싶다. 영혼이 하나의 이미지가 되고 충분히 강력해진다면 그 이미지를 몰아낼 수 있을지 모른다. 신뢰에 관한 문제일까? 그 이미지를 불신하고 싶은 걸까? 만일 내가 그 이미지를 불신했다면 그것은 내게 아무런 감각도 촉발하지 못했을까? 이미 불신한다. 그는 이야기하지 않고 보여주기 때문에, 그리고 나는 (죽기 전에는) 사유의 눈을 감을 수 없기 때문에 그것을 볼 수밖에 없다. 나는 영혼만 바라보고 싶다. 그 이미지가 무언가 보여줄 때 억지로 시선을 돌려도 잔상이 남는다. 영혼만 바라볼 수 있다면 그 이미지가 모습을 드러내도 신경 끌 수 있을 테다. 그 이미지와 관련된 신경을 꺼야 한다. 영혼을 응시하는 습관이 필요하다. 영혼을 응시하려면 영혼을 알아야 한다.

는 안 된다고 생각한다. 육지로부터 한참을 떠나서 좌초되었을 때, 그때 알려도 늦지 않다.

가을이 올 수도 있었다. 한풀 꺾인 여름의 목을 칠 용기가 나질 않았다. 꽃이 질지도 몰랐다. 나는 처음 보는 이들에게 짧은 이야기를 읽어주었고, 그들은 만일 이 이야기가 동화라면 과연 아이들이 이해할 수 있을지 물었다. 아이가 등장한다고 해서 꼭 아이들이 이해할 수 있는 건 아니다.

글의 말미에 이르러 어느 장소를 쉽게 떠날 수 없는 마음이다. 그럼에도 머뭇거리지 않고 여정을 완수해야 한다. 다시, 엄마가 창밖으로 손을 흔들고 이번만큼은 다시 뒤로 올려다보지 않는다.

방이 나를 견딘다. 나는 독서의 뜻과 함께 힘이 든다. 결론은 늘 초췌하다. 물론 모든 삶은 무너짐의 연속이다. 바깥에서 오는 극적인 타격이 있는 반면, 안으로부터 오는 타격이 있다. 당신은 대응하기 이미 늦었을 때야 그것을 느끼고, 어떤 의미에서 결코 이전과 같은 사람일 수 없겠다 싶을 정도로 최후를 체감한다.

나는 이러한 사건들로부터 이야기를 꾸밀 수 없다. 나는 이야기의 감각을 잃었다. 많은 좋은 질병에서 흔히 발견되는 일이다. 이 글에서 전달된 것은 파편에 불과하다. 당신이 원한다면 전체를 짜맞출 수 있겠지만 그것이 전부지 그 이상은 아니다. 일기를 써보려고 했지만 금세 포기하고 말았다. 이 사실이 내 이후의 인생을 결정짓는다. 오래된 책을 읽으며 이곳에 언제나 버티고 서 있는 절망의 구렁을 건너야 한다.

나는 나 자신이 되기 위해 스스로부터 자신을 떼어놓아야 한다. 그 모든 고통과 권능, 그것은 내가 아니다. 그 모든 무의미한 활동, 단절과 증오까지.

기억하지 말라. 이 모든 것은 지나간다. 좋은 것, 나쁜 것, 모두 지나간다. 우리는 지나갈 것이다. 그리고 이미 있는 무언가가 앞으로도 계속 있을 것이다.

멈추지 않는 애도를 멈추지 않기. 기록하는 대신 녹음하는 습관. 책을 사고 그것을 읽을 시간을 확보하려는 매일의 분투. 그러나 시간이 확보되지 않음. 잊고 방치하기보다는 낫다는 판단. 50년 동안 침이 한 바퀴 도는 시계 만

들기. 필 니블락의 드론 음악을 디터 람스의 스피커로 연주하기. 넘어지면 잠시 엎드려 있기. 완벽주의는 윤리에 대해서만 수행하기. 그 외에는 완벽보다 완전을 기할 것. 흥미로운 꿈일수록 아무에게도 얘기하지 않기. 어떤 문화도 선망하지 않기.

나는 당신의 글이 아프다고 했다. 아픈 이야기이므로, 글이 나를 아프게 한다고 했다. 누군가 당신의 글더러 현실적이고 뾰족하다고, 그래서 상상의 여지가 없다고 한다면, 그것은 당신의 현실이 지나치기 때문이라고 답할 수 있다. 나의 현실, 당신의 현실, 우리의 현실이 다 포함된 얘기지만, 나는 당신의 현실이 항상 앞설 것임을 알고 있다.

멀리서 돌아갈 집이 보인다. 조금은 더 망설여야 할 것 같다. 문을 두드리기 전까지 털어낼 나만의 비밀들이 남아 있다. 남김없이 비밀을 소진하고 나면 나는 다시 소년이 되고, 그제야 한 사람을 온전히 보호할 수 있게 된다.

이 모든 이야기는 쓰이는 동시에 제 몫을 다했다. 당신에게 어떤 쓰임이 있을지 진지하게 고민한 시간이 있다. 토마스 베른하르트의 말처럼 문학은 삶과 다르지 않고, 우

리의 삶은 단순히 쓰임을 목적으로 하지 않는다. 따라서 내 글의 쓰임을 마련하거나 예단하지 않기로 결정한다. 양지바른 곳에 묻고 조촐한 비석을 세우면 어떤가. 그 비석이 이 책이라고 간주하면 또 어떤가. 공동의 묘지에 내 이야기를 안장하고, 다른 묘비를 찾아온 이가 헌화한 뒤 남은 꽃을 이곳에 우연히 놓아줄 수 있다면.

나는 텍스트다. 기록되지 않은 기억은 사실이 아니다. 거울을 볼 때 아무것도 읽어낼 수 없다. 그렇다면 거울 속의 나는 텍스트가 아니며, 따라서 내가 아니라는 결론을 내려 본다. 현재의 나는 이미지가 될 필요가 없기에 오직 이미지일 뿐이다. 그러나 내가 생각하고 떠올리는 모든 것은 텍스트다. 우리가 시간을 그려낼 수 있기 위한 조건은 텍스트의 존재다. 책과 글쓰기를 영원한 삶에 빗대는 이유가 여기 있다. 지금에 와서 거의 나 홀로 지키고 있는 비유일지도 모른다. 그것이 내가 틀렸다는 증거가 되지는 못한다.

결국 내가 동화되어야 하는 대상, 혹은 이미 동화되어 있는 대상은 멀리 있지 않다. 물론 여기 육신이 있다. 금세라도 으깨지거나 문드러져도 이상하지 않은. 하지만 텍스트

는 살갗이 아닌 뼈에 새겨진다. 이런 의미에서 책은 하나의 묘지고 거처를 잃은 뼛조각들은 여전히 연결된다.

내가 텍스트라면 나의 신진대사는 글쓰기다. 생명의 유지라는 모든 유기체의 목적이 결코 선하지도 악하지도 않듯이, 별생각 없는 글쓰기가 지속되어야만 한다. 시간은 자신도 모르게 눈을 무한히 깜빡거리고 폐쇄된 극장에서 텍스트가 상영될 때 나는 얼마간 숨어지낼 수 있겠지. 피로와 소진 사이에서 몸은 시험을 치른다. 그 손끝에서 흘러나오는 텍스트에 주목하라. 지진학자(seismologist)와 지진계의 관계. 필드의 실제 지리보다 기록지에 그려진 진동이 그에게는 절대적일 테다. 글쓰기의 경우, 진동의 근원은.

참고문헌

김영건, 『이성의 논리적 공간』, 서강대학교출판부, 2014.

루트비히 비트겐슈타인, 『논리-철학논고』, 이영철 역, 책세상, 2006.

모리스 블랑쇼, 『카오스의 글쓰기』, 박준상 역, 그린비, 2012.

임마누엘 칸트, 『순수이성비판』, 백종현 역, 아카넷, 2006.

질 들뢰즈, 『차이와 반복』, 김상환 역, 민음사, 2004.

Antonin Artaud, *Collected Works*(Vol. 1), Translated by J.Corti, Calder & Boyars, 1968.

John Mcdowell, *Mind and World*, Cambridge, MA: Harvard University, 1994.

Wilfrid Sellars, "Philosophy and the Scientific Image of Man", In R. Colodny(ed.), *Science,*
　　　Perception, and Reality, CA: Ridgeview Publishing Company, 1962.

Fin

귀향 Heimkehr
신승민

초판 1쇄 발행. 2024년 10월 31일

발행. 글라프레스
편집. 신승민
디자인. 신승민

ISBN. 979-11-981040-8-3 03810
가격. 15,000원

glaspress.com
{ }
{ }